処刑少女の生きる道《バージンロード》6
―塩の柩―

佐藤真登
Story by Sato Mato
イラスト ニリツ
Art by Nilitsu

処刑少女の生きる道《バージンロード》6
—塩の柩—

目次

Contents

Story by Sato Mato　Art by Nilitsu

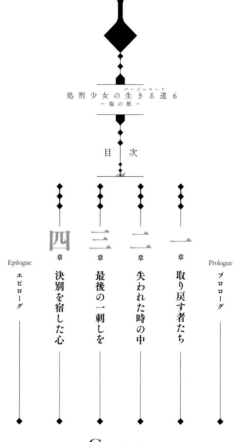

アカリ
日本人。
メノウ
元処刑人。

処刑少女の生きる道《バージンロード》6

—塩の柩—

佐藤真登

GA文庫

カバー・口絵・本文イラスト
ニリツ

プロローグ

時任灯里《ときとうあかり》は、案内された部屋でぼんやりと頬杖《ほおづえ》をついていた。

今日はゆっくり休んで、と案内された部屋はびっくりするくらい豪勢だった。

歴史を感じさせる調度品が、生活用品として当たり前に使われている。技術的な最先端の目新しさではなく、年月を感じさせる重厚さは現代っ子の彼女にはなじみが薄い。案内されるまでに歩いた城内の威容に圧倒されてしまった。

「異世界、かぁ……」

自分のいる場所がどこかを呟《つぶや》いてみたが、まったく実感はない。

なんでも灯里が召喚されたのは、グリザリカ王国と呼ばれる国らしい。当たり前だが聞いたこともない国名だ。地球にだって灯里が知らない国はいくらでもあるのだろうが、魔導なんてものを自分が使えるようになっている事実を自覚させられては、異世界に来たんだということを否定することはできなかった。

こちらで出会う人はみんな優しかったが、灯里からすれば周りの対応など評価している場合ではない。

日本での自分の取り扱いはどうなっているのか。召喚なんかされてしまったが、元の世界に戻れるのか。父や母は——どうせ、滅多《めった》に家に帰ってこないからいいとしても、学校に行けないのは嫌だ。休んでいる間に授業に遅れたくないし、ましてや出席日数が足りなくなって留年など言語道断だ。

なにより。

教室にある空白の席が、灯里の脳裏《のうり》をよぎる。

あの子が戻ってきた時に自分がいなかったら、どうしてくれるのか。

「はぁ」

重苦しいため息が出る。ぎゅうっと手のひらを握りしめる。解消の当てのない不満が胸にたまっていく。世界が変わるという展開に、心がついていけていない。

どうしようもない閉塞感に、灯里はちらりと窓辺に目をやる。

日差《ひざ》しの色合いが薄くなっている。そろそろ夜になる頃合《ころあ》いだ。

普段ならば学校から帰宅して自分の部屋にいる時間。日本での自分は、一番の親友とよくメッセージアプリでやり取りをしては夜更かしを繰り返した。彼女がいなくなった後は、メッセージが来ていないかどうか確認をするのが癖《くせ》になった。

スカートのポケットに手を入れて、そこになにも入っていないことに改めて気がつく。

ポケットの空虚さに身がすくんだ。

いまの灯里はこの広い部屋に、誰《だれ》とつながることもなく一人でいる。

こんな世界にいては、当たり前の日常すらない。自覚させられた孤独の恐怖をごまかすようにして苛立ちが湧《わ》く。

「バッカみたい」

なにが異世界だ。

部屋の狭さに嫌気が差した。日本で住んでいた自分の部屋よりずっと広いのに、無性に息が詰まる。

空気を換えるために立ち上がり、窓を開けてバルコニーに出た瞬間だ。

「へ？」

メイド服姿の女の子が空から降ってきたかのように、ふわりと欄干《らんかん》に着地した。

西日に溶けてしまいそうなほど淡い色の栗毛をスカーフリボンでくくった、きれいな少女だ。

彼女の姿を見た瞬間、灯里は目をまん丸にして身を乗り出した。

「は――白亜《はくあ》ちゃん⁉」

日本で突然、行方《ゆくえ》知れずになった大切な友達にして、クラスメイト。

この世界に来て出会った美しい少女は、時任灯里の一番の親友と同じ顔をしていた。

一章　取り戻す者たち

白い大地に湛《たた》えられた雨水が、巨大な鏡となって広がる。

隆起のない平地は視界を遮《さえぎ》ることがない。青空の光を鏡面の大地が照り返し、全方位に蒼天《そうてん》が続き雲が流れる。鏡映しになった天地が上下に連なった風景は見る者の距離感を喪失させ、風景の中にいる人物が球形の美しい世界に閉じ込められているかのような錯覚を引き起こす。

千の言葉でも語り尽くせない絶景の中、メノウは目の前の一人に意識を集中させていた。

メノウと同じ色の神官服を身に纏《まと》った、どこか不吉な雰囲気を漂わせる長身の女性だ。赤黒い頭髪を短く切り揃えている彼女こそが、メノウを処刑人として育てあげた人物である。

伝説の処刑人、導師《マスター》『陽炎《フレア》』。

青と白の二つの色彩の中、彼女の赤黒い髪は際立《きわだ》っていた。左手に持つ教典が導力光を帯びながらも、教典魔導を行使する気配はない。反対の右手に持つ短剣は、ぴたりと切っ先をメノウに合わせてあった。

メノウもわずかな隙《すき》も見せることなく、短剣を構える。発動させたままの導力の糸が風にそよぐ。黒いリボンでくくった色素の薄い栗毛のポニーテールもわずかに揺れる。

幻想の世界にあって、二人の間にある空気は濃密だ。

師弟の対峙から少し離れた場所には、もう一人。品のよい服装の少女がいる。

日本から来た異世界人、トキトウ・アカリである。

聖地から塩の大地まで続く戦いは、純粋概念という強大な魔導を秘める彼女を巡って引き起こされた。

メノウとアカリがともに生きる道を進むか。

それとも、ここで諸共《もろとも》に導師《マスター》『陽炎《フレア》』に殺害されるか。二人の命運を決める戦いだ。

この戦いを始める前に、いまのメノウとアカリは互いの心を感応させ合っていた。

人間の魂から生成される導力の相互接続。メノウの特異な体質と二人の心身を預け合う信頼関係が生んだ深いレベルでの【力】の接続は、心の動きのみならず互いの人生を追体験させるほどのつながりを生んだ。

メノウとアカリの組み合わせでのみ行使できる導力の一体化は、彼女たちを魔導的な同一人物にした。

メノウの中にアカリがいるし、アカリの中にメノウの意識がある。

確かにつながったアカリの思いがメノウの中を巡って背を押す。熱となって心を燃やす。自分らしくもない熱さで、感情の熱はアカリがメノウを思う気持ちそのものなのだ。アカリから流れる【力】が導《しるべ》となってメノウの闘志を奮い立たせる。

静かに、静かに近づく。

状況的には、導師《マスター》が圧倒的に不利。メノウはアカリから導力の供給を受けることで、この世界でもトップレベルの出力を得た。導力操作という点では第一身分《ファウスト》の中でも上位にいるメノウが、異世界人の圧倒的な導力量を扱えるのだ。

その脅威を理解していないはずもないのに、伝説と呼ばれた女性は焦《あせ》りを見せない。

迂闊《うかつ》に動けば均衡は一瞬で崩れる。

ぴんっと張り詰めた空気の中、二人の距離が縮み始めた。速すぎるからではなく、あまりにも遅すぎるからこそ動きが目に留まらない。ふと気がつけば、近づいている。お互いの忍耐を試すかのような速度で距離を詰める。

二人の足元の水面がわずかにさざなみ立つ。同心円状に波紋が広がり、互いのつま先に当たった波だけが寄せては返す。

水が波立つ速度よりもはるかに遅い、間合いの詰め合い。

短剣の先端が、触れ合う。

「ッ!」

空気が、弾《はじ》けた。

二人の腕が、ほぼ同時に動いた。研ぎ澄まされた刃《やいば》が互いに手首の動脈を狙《ねら》う。対称の動きに手首同士が絡《から》まる蛇の動きで衝突し、すぐさま二の手が 翻《ひるがえ》る。

瞬く間に交える刃が十合を超えた。メノウも導師《マスター》も踏み込まない。フットワークなどなく、短剣を持っている腕だけが動いている不自然な斬《き》り合い。踏み込む隙を見せれば手首を切り落としてやるという牽制《けんせい》が、足を釘付《くぎづ》けにしている。

先に展開を動かしたのはメノウだ。手首の動きだけで、短剣を至近距離から投げる。

狙いは胴体。発動させたままの紋章魔導【導糸】を握って投げた短剣は、急所を狙わず当たればいいという投擲《とうてき》だ。

導師《マスター》は身じろぎすらせず、左手に抱える教典の表紙を盾にしてはたき落とす。メノウは手元から短剣という武器を失った。迂闊な攻撃で武器を手放したメノウに導師《マスター》の凶刃が迫る
――ことは、なかった。

むしろ逆だ。

攻撃のチャンスを投げ捨てて、導師《マスター》が飛びのいた。

『導力：接続（経由・導糸）――短剣・紋章――発動【疾風】』

一瞬遅れて、メノウが導力の糸を辿《たど》って紋章魔導【疾風】を発動。柄《つか》から噴出した風の反動で落下しかけていた短剣が打ち上がる。

導師《マスター》が動いていなければ、急所の喉元《のどもと》に突き刺さっていた軌道だ。しかも一度の動きでは止まらない。

柄から噴き出す風を動力に、短剣が宙を踊り追撃をする。【導糸】を通じ、【疾風】で短剣を動かす遠隔操作。繊細な魔導操作技術の賜物《たまもの》だ。

かつてリベールの町では『姫騎士』と呼ばれる実力者、アーシュナ・グリザリカを感嘆させた職人技だが、導師《マスター》はできて当然と眉《まゆ》すら動かさない。ステップを踏んで回避する。重心を浮かせない動きは、水面にありながらも氷上を滑っているかのようだ。

二度、三度と軌道を変えて四度目で直上の死角から襲い掛かった短剣を、導師《マスター》は腕を振るってあっさりと叩《たた》き落とした。

メノウは導力の糸を引いて短剣を回収する。

先ほどの攻防中、導師《マスター》は別角度の攻撃に対処しながらも、正面にいるメノウに隙を見せることもなかった。腕を上げた姿勢は胴体がいかにもがら空きに見えるが、そこを狙えるほど甘くはない。

『導力：接続――短剣・紋章――発動【迅雷】』

単純ながら文句のつけようのないタイミングの紋章魔導が、メノウの踏み込みを封じる。

導師《マスター》の短剣から放たれ水面で弾けた電撃が、じゅっと音を立てて水煙を上げる。

メノウの怯《ひる》みを見て、一呼吸すら置かずに導師《マスター》が攻勢に出た。

水音が跳ねる。

開いていた間合いが消失する。躊躇《ちゅうちょ》なく急所を狙うコンパクトな突きからの、足払い。メノウは体幹を崩さぬために脛《すね》を覆うブーツで耐え、反撃の肘《ひじ》で側頭部を狙う。先ほどまでの腕だけの刃の突きつけ合いとは対照的に、全身を使った体術の応酬だ。ほとんど拳闘と変わらないインファイト。刃と肉体がぶつかり合って加速する戦闘に、メノウは徐々に導力出力のギアを上げていく。

どくん、と魂が鼓動する。魂のつながりからアカリの導力が供給される。さらに肉体の性能を上げた踏み込みが派手な水しぶきを上げる。

動きの強度を上げながら、技の精度を下げることなくメノウは自分の体をアカリの導力に慣らしていく。既にメノウの肉体能力を上げる導力強化は未体験のゾーンに突入しつつある。

もともとメノウの導力量は、並みの神官として及第点というレベルでしかない。戦いに身を投じることを義務付けられる処刑人の中では、導力量の才能なしの烙印《らくいん》を押されていた。

その欠点は、もう、ない。

導師《マスター》の目がメノウを見据える。

導師《マスター》の視線に焦りはない。明らかに自分を上回る導力強化を相手にしながらも冷静そのものだ。なにか対策があるのか。脳裏《のうり》に浮かんだ疑念はそのままにメノウは短剣を振るう。導師《マスター》のことだ。あるに決まっている。ないと考える甘えなど、とっくの昔に捨てている。あらゆる強敵を敵に回して、勝利を重ねたのが導師《マスター》『陽炎《フレア》』だ。

敵となった彼女の危険は知っている。

知って、彼女という伝説を超えるのだ。

メノウが短剣で斬りつける。

力強い一閃《いっせん》に、きぃんと音を立てて導師《マスター》の短剣が真上に弾《はじ》き飛ばされる。受け止めきれなかった衝撃に、導師《マスター》が無手《むて》のまま体勢を崩した。

チャンスだ。

無防備に見える導師《マスター》の姿がメノウの心にある傷口をうずかせる。

前の一戦。聖地の大聖堂内部で戦った時に、似た状況があった。

――どうも、殺さないでくれてありがとう。

確実に刺し殺せる瞬間があって、チャンスを放棄した。メノウは導師《マスター》の喉元に刃を突き刺せなかった。

導師《マスター》『陽炎《フレア》』が、メノウにとって誰よりも特別な人だったから。

けれども。

いまは、アカリが後ろにいる。

躊躇はなかった。脳裏にささやく導師《マスター》の台詞《せりふ》をねじ伏せるまでもなく、切っ先はまっすぐ伸びた。

『導力：接続――神官服・紋章――発動【障壁】』

見逃せば喉を貫く一撃は、導師《マスター》が発動した【障壁】に阻まれる。

メノウの短剣を受け止めた障壁に、亀裂が入る。ひび割れた先にメノウは視線を叩《たた》きつける。

障壁の隙間《すきま》の向こうで、導師《マスター》は大きく口を開けて笑った。

「ふッ！」

一息。

メノウが決意を乗せた呼気を吐き出すと同時に、短剣が障壁を叩き割る。決意が殺意となって導師《マスター》の喉先に向かう。

今度こそは、対応があった。

下から、腕に衝撃。真上に蹴《け》り上げた導師《マスター》のつま先が二の腕にぶち当たり、メノウの腕が跳ね上がる。

一転してメノウの体勢が崩れる。ほぼ同時に落下してきた短剣をキャッチした導師《マスター》が、紋章を導力光で輝かせる。

『導力：接続――短剣・紋章――発動【迅雷】』

いま。

メノウの意図に呼応して、戦う二人から離れた場所で魔導が展開された。

『導力：接続――不正定着・純粋概念【時】――発動【停止】』

いままで参戦のそぶりも見せなかったアカリの指先から、純粋概念の魔導が放たれた。

遠くの位置にアカリを置いたのは、なにも観戦させるためではない。導師《マスター》との戦いに巻き込まず、かつ、アカリの魔導が届く範囲にいてもらったのだ。

導力接続によってアカリはメノウの記憶を共有しているが、メノウのように動けるわけではない。メノウの戦闘術はメノウ自身に最適化したものだ。武器も持たないアカリがメノウの動きを参考にすれば、どんな齟齬《そご》が出るかわかったものでない。まして、導師《マスター》ほどの相手にぶっつけ本番で不完全な接近戦を挑むなど、恐ろしいにもほどがある。

だからこそ、遠距離で魔導を放つ砲台としてアカリを配置した。

指鉄砲から放たれた【停止】の狙いは足を上げて体幹が固定されている導師《マスター》、ではない。隙を狙ってすら、導師《マスター》を直接狙っては避《よ》けられる恐れがある。

雨によって広がり、塩の大地を鏡面にしている水面に【停止】の魔導が当たった。

水面の時間が停止する。靴を水に浸したままならば、時間が停《と》まった液体は強固な縛《いまし》めに変貌して逃れる術《すべ》なく足元を固定する。

アカリの発想ではない。つながった意識を通してメノウが伝えた策の一つだ。言葉にするまでもなく意図を共有できる導力接続は連携面で大きな恩恵をもたらす。アカリが素人《しろうと》のままだったら、高度な駆け引きが瞬時に繰り返される戦闘に割って入ることなど不可能だった。アカリがメノウの思考を自分のことのように感じとれるからこそ実現した絶妙のサポートだ。

蹴りで片足を軸にしていた導師《マスター》には、逃れる術がないはずだった。

「む」

一文字なのに、残念無念だと雄弁に伝えるアカリの声がメノウの耳に届く。

導師《マスター》の足元が【停止】した水面に捕らわれることはなかった。アカリの魔導が着弾した瞬間だけ、導師《マスター》の足元の水が蒸発していたのだ。

アカリが【停止】の魔導を放つ直前に導師《マスター》が放った【迅雷】の紋章魔導は、メノウへの追撃にではなく、自分の足元に向けられていた。

完全にアカリとメノウの連携を読んでいなければ不可能な行動だ。

処刑人として暗躍していたメノウが『陽炎の後継《フレアート》』と称されていることからもわかる通り、メノウの戦闘方法はすべて導師《マスター》から叩きこまれたものだ。思考を読むことなど造作もないとメノウたちの連携を見切って対処した。

無駄撃ちに終わった【停止】が解かれ、水面の時間が戻る。策が一つ、失敗した。悔しがるアカリとは違い、メノウは気落ちすることなく距離をとる。

メノウは静かに息を吐く。

瞬く間に状況が変わっていく。めまぐるしくも張り詰めた戦いを繰り広げながらも、気分は悪くなかった。

研ぎ澄まされた心と、戦闘の興奮が奇跡的な塩梅《あんばい》で釣り合って同居している。戦いの場で、導師《マスター》以外のことを考えていない。自分自身も、そして他の誰でもない大切なアカリも、いまだけは導師《マスター》を打ち倒すためだけに使い倒すことに、迷いはない。

不思議だ。

導師《マスター》と刃を交えるたびに、くっきりと自分が浮き彫りになる。

この戦いはメノウが世界を変えるための、第一歩だ。

自分たちが歩き続けるために必要な試練。アカリとともに在《あ》る道を歩くため、これから先に手に入れなければならないなにかを、この人に勝てば摑《つか》める。

メノウの意気を感じて、アカリもやる気をみなぎらせる。導力接続から伝わる素直なアカリの反応に、内心で微笑《ほほえ》む。

懸念《けねん》があるとすれば、一点。

まだ導師《マスター》の導力強化を置き去りにできないことだ。

いまのメノウは、すでに普段のモモ並みの導力強化で全身を強化している。搦《から》め手を含めた戦闘ならばまだしも、導師《マスター》が真正面の体術戦で打ち合える段階を超えているはずだ。だというのに、導師《マスター》はいまのメノウの動きに追随している。

導師《マスター》の導力量は元のメノウと大差ない。いまのメノウの導力強化についてこられるはずがない。なにか絡繰《からく》りがある。少なくとも導師《マスター》個人の導力ではない。

なにが導師《マスター》の導力量を底上げしているのか、見極《みきわ》めるために集中する。

導師《マスター》の装備はいつもと変わらない。【導枝】と【迅雷】の紋章が入った短剣。【障壁】紋章のある神官服。そして左手にある教典。額の飾り玉も導器だが――あれの効果は、メノウも知っている。導力量の底上げとは関係がない。

『導力：接続――短剣・紋章――発動【導枝】』

無言のまま、導師《マスター》が紋章魔導を発動させる。

短剣から伸びあがった導力の枝が、一本の大木となる。導師《マスター》の姿を幹に隠すほどの巨木。

【導枝】を使った大規模な儀式魔導が展開されるのかと身構えたが、違った。

ぱきん、と音を立てて、光り輝く巨木が倒壊する。地面をわずかに振動させて地面に倒れ込んだ巨木の後ろに、導師《マスター》の姿はなかった。

「うわ」

アカリの漏《も》らした声が、メノウの耳まで届く。声にこそ出さなかったが、悔恨はメノウも同じだった。

導師《マスター》の姿が消えた。

白と青の光景に映える彼女の姿が見えなくなった理由は単純だ。

導力迷彩。

導力強化の高度な応用だ。身に纏う導力光の色を変えることで、姿を偽る変装術。導師《マスター》は景色と完全に同化することで、メノウとアカリの視界から消失した。

姿が消え去ると同時に、気配も完全に絶たれている。いま彼女がどこにいるのか、メノウとアカリにはわからない。

導師《マスター》はアカリのように瞬間移動ができるわけではない。確実に周囲のどこかにいる。導師《マスター》の存在が確信できるからこそ、彼女の姿が見えないという事実が重くのしかかる。

導師《マスター》『陽炎《フレア》』は戦士として伝説になったのではない。

彼女の本質は暗殺者だ。

まともに刃を交え、魔導を撃ち合う必要などない。姿を消したまま背後から心臓を一突きすれば、人は死ぬ。人質不意打ちだまし討ち。卑怯《ひきょう》と呼ばれるあらゆる手段を用いて人を殺してきた彼女からしてみれば、メノウと正面から戦わざるを得なかったこの盤面こそが不服なはずだ。

メノウが導力量に不審を抱いて観察に回った途端、戦法を変えてきた。もし無警戒に導師《マスター》の導力強化を低く見積れば、その油断を突く気だったに違いない。

神経を尖らせる。導力迷彩での隠形は姿こそ見えないが実体はある。移動に足元で波紋が立つことを期待したが、広がる水面に不自然な動きはない。わずかな物音も、視界の違和感も見逃すまいとしても、メノウの知覚は導師《マスター》を捉えることができなかった。

「……」

戦況が、止まる。

じりじりと時間が消費される。

メノウの胸中に焦りが生まれる。

周辺を制圧する教典魔導を放つべきか。アカリの導力を引き出して打ち放てば、逃げ場がなくなるほどの威力になる。見えない相手に対して有効な手なのは間違いない。

メノウも本来は、相手の裏をかく戦法をとる。しかしアカリとの導力接続によって巨大な【力】の供給を受け取ることができてしまったため、正面勝負で押し切ることにこだわった。

そして事実、いまのメノウにとっては一番勝率が高い戦法が力押しによるものだった。

だが教典魔導に集中する瞬間を突かれたら？　メノウのほうならばいい。直前に察知できる自信がある。だが、アカリは？　自分が教典魔導に集中している時にアカリが狙われた場合、対処ができない。導力接続でメノウの経験を共有したといっても、彼女の主観はアカリのままなのだ。

メノウが狙われているか、アカリが狙われているかがわからない。しかしアカリは死なない。【回帰】による復活がある。……本当に？　導師《マスター》が『塩の剣』に代わる、不死性を貫く武器を持っていないと言い切れるのか。アカリは死なないというメノウの前提を、あっさりと覆してきそうな怖さを持っている。アカリなら短剣で刺された程度では死なないからと捨て置く気にはならなかった。

「…………」

無言の時間が続く。頬《ほお》を伝った汗が顎《あご》から水滴となって落ちた。

ぴちょん、と音を立てた一滴が波紋を広げる。

アカリの分まで気を払うメノウのプレッシャーはすさまじいものがある。

相手がメノウだけならば、このまま消耗戦に持ち込めただろう。

だが、メノウとは考え方の違うもう一人がここにはいる。

「メノウちゃん、考えすぎ！」

『導力：接続――不正定着・純粋概念【時】――発動【断裂】』

導力光を宿すアカリの指先が、くるりと円を描く。

全方位に、断裂の一閃が放たれた。

直後、メノウの背後で空気が揺れた。自分を乗せてひそかに伸ばしていた【導枝】ともども導力迷彩をしていた導師《マスター》は、アカリの魔導を回避するために動かざるを得なかったのだ。

メノウは振り返る間も惜しんで、前方に身を投げる。導師《マスター》の刃が頬をかすめる。狙いは、メノウのほうだった。後ろを見ないまま、ほとんど勘で蹴りを飛ばす。

運よく、足先に引っかかった。

威力のない蹴りだったからこそ、導師《マスター》は対応し損ねた。つま先がかするように導師《マスター》に触れた箇所から、メノウは導力を流し込んだ。

『導力：接続――』

魔導発動のための導力操作ではない。触れた先から導師《マスター》の肉体へ、メノウの導力を流し込んで相手の精神へと入り込む。グリザリカで赤の魔導兵相手にも行った、導力の相互接続とは異なる一方的な相手の精神への侵入だ。

初めて導師《マスター》の表情が変わった。明確な苛立《いらだ》ち。怒濤《どとう》の拒否がメノウの精神を排除しにかかる。

違う人間同士の【力】は相反する。アカリのように無条件で流入を受け入れられていない以上、いくらメノウが特異な体質であろうとも他人の精神に干渉し続けられるものではない。ましてや、いま導師《マスター》がしているのは導力接続に対する明確な拒絶だ。

だが一瞬でいいのだ。メノウが探りたいのは、導師《マスター》の導力を底上げしている要因だ。

塩と化したこの地の地脈は完全に枯れている。大気を流れる天脈につながる経路もない。アカリと導力接続をしているメノウは例外として、外部から導力を得られる要因はないはずだ。

メノウは、導師《マスター》と導力接続をした刹那の時間で不審点を洗い出そうと画策した。

試みは成功した。

「……教典？」

「ちッ」

メノウの呟《つぶや》きに導師《マスター》が舌打ちをする。

導師《マスター》の持つ教典が、異常な量の導力の供給元になっている。メノウがアカリから受け取っているほどの量ではないが、底は見えない。

だがメノウの知る限り、第一身分《ファウスト》の持つ教典に導力を生成する機能はない。そもそも導力を生む物質など、ほとんど存在しない。

導力は、一部の例外を除けば生物の魂から生成される。

逆説的に、物質に魂が宿れば、それは導力を生成する道具になりえる。

「人体の……導力生命体化現象」

苦々しさとともに、導師《マスター》の教典に生じている現象名を告げる。かつてメノウがサハラにしてしまったことを、おそらく導師《マスター》は意識的にやっている。しかも教典に閉じ込めて利用している魂は異世界人だ。普通の人間の導力量ではない。

導師《マスター》は肯定も否定もしない。だがメノウは、あの一瞬の導力接続で確信していた。

史上最多の禁忌狩り。伝説の処刑人『陽炎《フレア》』。

誰よりも禁忌を潰《つぶ》してきた彼女がどうしてと思わずにいられないのは、メノウに残った神官としての良心なのかもしれない。長年の教育で染《し》みついた、禁忌は禁忌であるという思考だ。

それこそ、メノウが言えた義理ではないというのに。

メノウの心中など手に取るように理解しているのだろう。導師《マスター》に焦る様子は微塵《みじん》もない。

当たり前のように無言のまま、短剣の狙いをメノウに定める。

自嘲《じちょう》と自虐は、胸の奥底にしまい込む。感傷に浸れる余裕などない。

「導師《マスター》。その教典、なにを閉じ込めているんですか?」

「……ちっ。ここまでだな」

導師《マスター》は答えなかった。

苦々しく悪態をついた導師《マスター》が、額の飾り玉に触れる。

『導力：接続――緑玉・紋章――発動【条件起動】』

条件起動式。魔導具に起動条件を刻んで発動させることができる。

どの導器に、なんの条件を刻んだのか。警戒するメノウたちに導師《マスター》は語りかける。

「メノウ。お前たちがここに来る時に、なにを使ったか覚えているか？」

「……『龍門』です」

突然の問いに警戒しながら答える。

もとは巨大な大陸であった塩の大地は、メノウたちが住む大陸とは海を隔てて遥《はる》か彼方にある。

長大な距離をねじ伏せたのが、聖地の最奥に隠されていた施設『龍門』だ。人類がもっとも繁栄していた古代文明期から活《い》きる駅ホームに似た施設を使って、長距離転移を可能とする転移の門を生成したのである。

「そうだな」

もっともらしく頷《うなず》いた導師《マスター》が、言った。

「この大地につながった転移の門の真下に条件起動式の導榴弾《どうりゅうだん》を埋めてあるとしたら、どうなるかわかるか」

アカリが顔を引きつらせた。表情にこそ出さなかったが、メノウも同じ気持ちだ。

導榴弾。

導力銃と同じく、魔導の心得がなくとも使える導器だ。

繊細な儀式魔導の産物である転移の門を壊すのは容易《たやす》い。ただ他に帰る手段がない以上、導師《マスター》にとっても不可侵なものだと無意識に考慮すべき対象から除外していた。

だがメノウの思い込みによるタブーは、やすやすと踏みにじられる。

「起動条件は、簡単だ。あと十分後に爆発《ばくはつ》する」

もしそうなれば、ここにいる三人は絶海の孤島に取り残されることになる。

この大地には水と塩以外には、なにも存在しない。

導師《マスター》はふてぶてしく笑った。

「どうだ、メノウ。いつだかの訓練の成果を発揮してみるか？」

「そういえばありましたね、塩と水で一か月ほど限界生活をさせられたことが」

修道院時代に冗談のような訓練をさせられたのは、懐かしい笑い話だ。昔、モモと一緒に一か月塩と水だけで過ごすという懲罰じみた限界訓練をやらされたことがあった。

メノウは舌で唇を湿らせる。

こんなことを言い出した時点で、導師《マスター》は戦闘を続けてもメノウとアカリに勝てる見込みが薄いと白状したも同然だ。自分が帰れなくなるのを承知で転移の門を破壊するというのは、勝てないからこその引き分け狙いでしかない。

いうまでもなく、戦力を分散させるのは悪手だ。メノウとアカリを引き離す罠《わな》であることは理解している。

理想的な展開は、メノウとアカリの二人がかりですぐに導師《マスター》を倒して聖地に戻ることだ。

だがメノウとアカリの二人がかりでも、十分以内で確実に勝てる保証はない。もしこのまま戦闘を再開すれば、導師《マスター》がのらりくらりと時間を稼ぎにくることは目に見えている。制限時間を知らされた以上、時間が経過すればするほど気持ちが焦り、取り返しのつかないミスを犯す可能性もある。

どちらを選ぶか。

リスクを考えれば、迷うまでもない。

「メノウちゃん」

「任せたわよ」

アカリの呼びかけに、短く言葉を返す。

罠だとわかっていても、行かなくてはならない。導榴弾を仕掛けたという言葉自体がブラフの可能性もあるが、確認しないわけにはいかない。ここに取り残されたら、帰れる手段はない。空間に干渉できるアカリの【転移】でも、海を越えて聖地までの超長距離を超えることは不可能なのだ。

アカリの全身に、導力光の燐光《りんこう》がまとわりつく。

『導力：接続――不正定着・純粋概念【時】――発動【転移】』

ぱっと光が弾け、アカリの姿が消えた。【転移】の魔導で移動したのだ。短距離であれば、アカリは空間に作用する魔導も使える。いまのアカリはメノウとの導力接続で記憶を補完したばかりだ。いまの彼女が人災《ヒューマン・エラー》になる恐れはない。勝負が終わった後に再度導力接続をすれば、消費した記憶もメノウから伝わって元通りになる。

導師《マスター》が仕掛けたという導榴弾を探す時間を含めて、どんなに長く見積もっても五分以内に戻れるはずだ。

今度こそ改めて、一対一で師弟が向き合う。

導師《マスター》がこれ見よがしに伝えた意図は明白だ。

この五分で、導師《マスター》は勝負を仕掛けてくる。

来たる猛攻をしのげば、メノウの勝ちだ。

導師《マスター》は不利な状況にありながら、この短時間でメノウたちを分散させて戦闘力を削《そ》ぐことまでしてみせた。

やはり、手ごわい。

敵が手ごわいというのに、笑ってしまう。場違いな喜びが止められない。不思議だ。メノウは戦うのが好きだと思ったことはない。好戦的な性格からはほど遠いはずだ。

けれども、導師《マスター》と刃を交えるたびに知らない自分と出会える。

それが、たまらなく楽しい。

先ほど切り裂かれた頬から血がにじむ。メノウはアカリとの導力接続の同調率を下げる。別の場所で地面を探っているアカリの感覚まで感じてしまうのは悪手だ。別々のことを対処している最中に、注意力が散漫になれば命とりである。

「ん？」

いま、一瞬なにかの疑念が頭にひっかかった。

地面を、探る。

それに、なにかが――。

いや、と頭を振る。直感的にいまの戦いとは関係のないことだと悟っていた。思考のリソースは有限だ。重要ではないことに思考を回すほどの余裕はない。

導力の供給はあるものの、共感はだいぶ薄まっている。距離も関係しているのか、アカリの様子は感じられない。

つながりが遠ざかることへの、わずかな喪失感。だが感応の余韻に浸っている暇などない。

感覚が切り替わったタイミングで【導枝】が迫る。舌打ちをしながら回避。前に出る。

『導力：接続――短剣・紋章――発動【導糸】』

もっとも手慣れた紋章魔導の発動に、ふと記憶が呼び起こされた。

そういえば、昔、導師《マスター》に刺繍《ししゅう》を褒められたことがあった。

詳しい台詞までは覚えていない。ただ、褒められた事があったという事実を思い出した。修道院にいた時なのは間違いないが、本当に些細《ささい》な褒め言葉だったはずだ。もしかしたら幼いメノウが褒められたと勘違いしただけで、褒め言葉ですらなかったのかもしれない。

裁縫に関してメノウは基本を修めた程度で、後輩であるモモのほうが情熱をかけてずっとうまくなった。

それでもメノウの記憶には導師《マスター》に褒められた数少ない思い出が残っていた。

短剣に魔導紋章を刻む時、導力の糸を生み出す【導糸】を選んだのは、それだけが理由だ。

誰よりも『陽炎《フレア》』の薫陶を受けながら、なにもかもを導師《マスター》と同じにはしなかった。

きっとメノウは、導師《マスター》と並び立ちたかった。

『あなたになりたい』と願った時から、ずっと。

だから、思い残すことは許されない。

メノウは全身全霊で、導師《マスター》との戦いに没頭した。

人気《ひとけ》のない施設で、小さな足音が響いていた。

メノウとアカリが塩の大地にたどり着く前のことだ。導師《マスター》『陽炎《フレア》』によって連れ去られたアカリを助けるために、メノウは聖地を崩落させることを選んだ。聖地の建造物のほとんどが魔導結界である特性に着目し、結界都市を維持させていた地脈を寸断することで、聖地を丸裸にした。

結界としての機能を失った聖地には、二つの施設が残っている。

ひとつは列車駅ホームの形をした、古代文明期に敷かれていた導力路の出入り口――『龍門』。

大陸に張り巡らされた地脈を通して世界各地へと物資と人材を送り届けることができる転移の門をつくる要の施設だ。古代文明期には、町ごとに必ず設置されていたほどにありふれた『駅』でしかなかったが、いまでは長距離転移の門をつくれる唯一の古代遺物となってしまった。

そして、もう一つ。

地下深くに構造を広げる円柱形の建物。人類史の記録と記憶の保護を目的とした施設『星の記憶』だ。

口で伝える物語ではなく、文字に書き記す記録ではなく、記憶を丸ごと引き出すためにつくられた施設だ。人類が住まう星を魔導現象だと見立て、千年前の当時には完成していた導力によるよる通信ネットワークを掌握して完成した。

純粋概念の魔導行使のたびに記憶を失っていく異世界人たちにとって、精神の担保となる施設は命綱だった。

これもまた、古代文明期に一人の純粋概念を利用してつくり上げられた施設だ。記録媒体が本の形をしているのは、『星の記憶』の礎《いしづえ》となった純粋概念の影響が大きい。

偉大な施設だった。壮大な目的があった。そのために、幾度もの実験が繰り返された。魔導研究者による理論が組まれ、幾度となく動物実験が行われ、人体への臨床実験へと発展した。

地上へつながる階段を上がっていた人物は、胸中をよぎった過去の記憶に顔を歪めた。

階段を上る音が、途切れる。発作をこらえる仕草で胸を押さえて、しばし立ち止まっていた彼女は、再び歩き出した。

「忘れられないってのも、嫌なものだね……」

ゆっくりと地上に近づいているのは、セーラー服を着た少女だ。まだ若く、二十歳には至っていない。腰を超えて伸びた黒髪は長年切り揃えていないことをうかがわせる。特に前髪が伸びきって、彼女の顔を半分以上隠してしまっていた。

それでも彼女の美貌は隠しようもない。

すらりと伸びた手足に、素晴らしく整った頭身バランス。片目しかあらわになっていない瞳を彩るまつ毛は艶《なま》めかしいほどで、隠れたもう半分を窺《うかが》いたいと期待を煽《あお》る。肌が真っ白なのは、生まれつきの素養にくわえて、ひたすら外に出なかったからだ。

長年施設の奥にいたが、別段、彼女は閉じ込められていたわけではない。出ようと思えばいつでも出ることはできた。

ただ、おっくうだった。

動くことも、考えることも、生きることがただただ気だるく面倒だ。

鋭気に富んでいた彼女の精神を緩慢にせしめたのは、千年の間に積み重なって、もはや薄っぺらくしか感じられなくなった人生そのものだ。

彼女は、不意に自分の手のひらをじっと見つめる。先ほど、珍しい来訪者がいた。万魔殿《パンデモニウム》の眷属《けんぞく》、マノン・リベール。一冊の記憶を求めたマノンを、彼女は蘇《よみがえ》る余地なく消失させた。消滅したマノンのことも決して忘れることが不可能な虚無の一つとなって、彼女に積み上がるのだ。

人を壊すことに、いささかの心痛も覚えなくなって、果たしてどれくらい経《た》つか。

足を、地上へと進めていく。

片目だけのぞく彼女の瞳には、虚無があった。

彼女本人を除いて、この虚無に共感できる知性を持つ者は、ほんの数人しか世界にいない。人間が抱えるはずもない時の積み重ね。飲み込みすぎて自己を変質させていく【力】。忘れることで自分をすり減らす異世界人のあり方とは、真逆だ。

忘れないため保護した精神は、無限に記憶を積んでいく。真っ黒な闇《やみ》に似て、けれども本質的には色などない。

自分の魂に定着した純粋概念――【白】。

「疲れた……」

嘆息した彼女は、周囲の本棚から一冊の本を抜き取る。神官になった時に与えられる第一身分《ファウスト》の教典は、この施設と繋がっている。第一身分《ファウスト》にとって最大の武器である教典が世界に散在している限り、神官の周囲で起こったことは彼女にとって検索可能な事柄になる。

「『陽炎《フレア》』と戦っているんだ……」

遠くの戦いをのぞき見て、本を戻す。

この世界は、本当ならば、とっくの昔に滅んだはずの星だ。古代文明期は滅ぶべくして滅んだ。

衛星を飛ばして気象の観測と干渉を繰り返し、大地を開拓し尽くしては新たな資源を求めて、あらゆる概念の獲得に勤しむために召喚を多発させた。

誰が知っているだろうか。

いまでは四大人災《ヒューマン・エラー》と呼ばれる存在の前身となった者たちも、『主』と呼ばれて聖地の奥底に潜む彼女ですら、ただの被験者でしかなかった時代が人類の最隆盛だった。

たくさんの人を救い、多くの場所を旅して、信頼できる仲間がいた。

だからこそ、知っている。

少数の誰かが支えなければ滅びるということは、少数に大多数が滅ぼされるリスクを抱えていることに他ならない。

だから、いいと思うのだ。

自分が星の全部を利用するくらい構わない。許してくれる。自分の身に宿る純粋概念すべての総意が、彼女の背を押す。

「ボクは……」

多くのものを飲み込んだ。私だった彼女に俺が加わり、あたしが同居して僕が顔をのぞかせる。記憶をどんなに保護しても、飲み込んでは増え続ける【力】と、長く続いて通り過ぎて重なっていく時間の影響は精神を摩耗させて変質させる。

自分が妄執に憑《つ》かれている自覚はある。彼女に限ったことではない。純粋概念の行使者は、概念に呑《の》み込《こ》まれて人　災《ヒューマン・エラー》となり果てるか、妄執に取り憑かれるかだ。

それでも、彼女は外に出るために扉を開く。

すでに彼女が支払った時間は、取り返しがつかない負債となって精神を蝕《むしば》んでいる。

いつぶりかに外に出た彼女は、立ち尽くす。日輪のまぶしさに目を細める。

「明るいな」

すべてを清算できる機会を掴むため、彼女は地上へと、一歩、足を踏み出した。

一人の女が施設から出たのと入れ替わりに、小さな影が内部に這《は》い寄る。

閉じ籠《こも》っていた人物のいなくなった施設に出現したのは、雨上がりにできる小さな水たまりを真っ黒に染め上げたような影だ。物もない床に広がる小さな影は、ポコポコと泡立ち始める。

小さな黒い水たまりが加速度的に気泡を増加させ、沸騰。臨界点を超えて爆発した。

ぱぁんとクラッカーに似た破裂音を立てて黒い影が弾けた。後に残ったのは、白いワンピースを着た幼女――万魔殿《パンデモニウム》である。

「まぁ！　だーれもいないわよね？」

無垢《むく》にして天真爛漫《てんしんらんまん》の解釈を裏返したかのような行動をとる彼女にしては珍しいことに、きょろりと周囲を見渡して警戒をあらわにする。

彼女は少し前まで施設内部へ侵入することに、二の足を踏んでいた。

聖地に張り巡らされていたような結界があるわけではない。むき出しになった建物は無防備だった。マノンが潜り込めたのである。能力的に考えれば万魔殿《パンデモニウム》が侵入できない道理はない。

単純に、図書館内部にある気配が万魔殿《パンデモニウム》の足を鈍らせていた。

人災《ヒューマン・エラー》としての本能が、嫌悪を感じていたのだ。

人類の記憶図書館『星の記憶』の中には、あらゆる人災《ヒューマン・エラー》が出会ってはいけない者がいる、と。

懐かしいような、忌まわしいような、憐れなような気がする元凶の気配は少し前に外へ出た。本人が立ち去った後の【力】の残り香ですら人災《ヒューマン・エラー》に忌避感を抱かせるものだったため、マノンが内部に侵入したとはいえ、そのままならば万魔殿《パンデモニウム》が近寄ることはなかっただろう。

だが先ほど、記憶図書館の中でマノンの反応が消えた。

嫌な気配がする存在は、いまは記憶図書館から離れて聖地の跡地にいる。それに気がつかれないように気配を消しながら、ぺたぺたと素足のまま内部を進む。

中に広がる光景は図書館だ。万魔殿《パンデモニウム》はそれがなんなのか、知っていた。

大陸中の情報と、人の記憶。膨大な精神的パノラマの物質化。かつて古代文明期に、世界の情報を牛耳《ぎゅうじ》ろうとした施設のごく一部だ。

記憶を収める情報媒体としてつくられた導器は、本の形をしている。魔導的に最も適した形がそれだった。周囲にある記憶群には、特に興味がひかれる要素はない。

最奥にたどり着いた彼女は、ひょいっとしゃがんで下へと視線を向ける。

そこに倒れているのはマノンだ。

硬質な床に崩れ落ちている彼女の体は、見るからに冷え切っている。脈などとるまでもなく、命を失っているのは明白だった。

「まあまあ、まぁた死んじゃったのね」

ためらいも気遣いもなくマノンの遺体をぺたぺたと触っていた万魔殿《パンデモニウム》は落胆に肩を落とす。

マノンの死体には影がない。万魔殿《パンデモニウム》が彼女の魂を収納するためにつくった部分が欠損したのだ。

万魔殿《パンデモニウム》が気ままに操る原罪魔導は、魂に触れることが可能な数少ない魔導だ。死後、さほどの時間が経過していなかったら捧《ささ》げる生贄《いけにえ》しだいで、拡散した魂を再構成して擬似的な死者蘇生《そせい》すらできる。

だが目の前にあるマノンの死体はダメだ。

肉体はまったくの無傷なのに、魂だけが綺麗《きれい》に抹消されている。万魔殿《パンデモニウム》が原罪魔導でマノンを呼び覚まそうとしても、魂がないのならばそれは姿だけを真似《まね》た肉人形だ。マノンに似せた魂をつくることはできるが、紛《まが》い物にしかならない。

気が合う少女だったが、死んでしまったのならば仕方ない。膝《ひざ》に肘《ひじ》をついて頬杖《ほおづえ》をしながら落胆する。

無駄足に嘆息して立ちあがろうとした時だ。

『導力：生贄供犠（条件要項・了）——原罪ヶ印怠惰・肉体——召喚【原罪ヶ悪・遺恨】』

マノンの遺体を起点に原罪魔導が起動した。

発動した魔導に動きを止める。

魔導行使者がいないのに発動したとなると、事前に条件起動式を仕込んだ魔導だ。マノン自身が自分の体に発動条件を刻み込んでいたのだろう。自分の魂の消失を条件にして、遺骸を生贄に捧げての原罪魔導である。

魔導発動と同時に、さらさらとマノンの肉体が朽ちていく。遺骨も残らず、黒い灰となる。

原罪魔導は望む力を召喚する対価として、必ず発動者から生体的なものを生贄として要求する。死んでいても容赦なく肉体をむしり取られた末に召喚されたのは、かりそめの命を吹き込んだ影だった。

「ま？」

黒一色のために人相の判別は難しいが、年恰好《としかっこう》からしてマノンの似姿であることは疑いようもない。

平面的でありながらも、万魔殿《パンデモニウム》が指でつつくと弾力のある感触が返ってくる。召喚のために捧げられた生贄から考えると、マノンの輪郭を模《かたど》った影に自意識が込められた可能性はない。ただ直前に定められたマノンの意志を全うすべく動く影人形だ。

薄っぺらな影が、床に落ちていた本を持ち上げる。

差し出された本を万魔殿《パンデモニウム》が受け取ると同時に、マノンの影はわずかばかりの力すら失い四散した。

「マノン？」

呼びかけても、すでに影は散って跡形もない。マノン・リベールは遺体すら残さず、衣服だけを置いてこの世から完全に消滅した。

一体、最期《さいご》になにをしたかったのか。万魔殿《パンデモニウム》は小首を傾げる。

情報を本という形にして閉じ込めた導器。古代文明期に実用化された、知性ある生命の精神を宿すことができる特殊な記憶媒体だ。とある純粋概念の【力】を行使して作成された特殊な導力情報回路は、精神を通じて人間の記憶を模写することを可能とした。だが人災《ヒューマン・エラー》には記憶を補填することすら困難だ。常時発動させている概念魔導の規模が大きすぎて、補充する先から記憶が干からびる。ここにいる万魔殿《パンデモニウム》は小指であり、遠く離れた【魔】の本体から分離した存在であるために記憶の消費は緩《ゆる》やかだが、人災《ヒューマン・エラー》の一部であることに変わりない。現在進行形でいまの記憶すら消えていく。

マノンが遺したものだ。なんの記憶があるのか、もしかしたらマノンの記憶が込められているかもしれない。どんな記憶があろうと忘れてしまうということには変わりないのだが、内部に蓄積された情報を読み取るために記憶媒体に導力接続した時だった。

『導力：世界接続――教典・憲章三条――発動【我らの世界は言語を絶する】』

本の内部に貯蔵されていた精神が、幼女の肉体に流れ込んだ。

中に封じられていた精神が幼い体を駆け巡り、彼女の精神に染みる記憶を定着させる。

同調は一瞬で、けれども効果は劇的だった。

「……」

本に手を置いていた幼女が、口元を震わせる。

目を動かす。改めてマノンの遺体があったはずの床を見て、すでに服しか残っていないことに茫然《ぼうぜん》とする。塵《ちり》すら残さずに消え去った彼女が、自分にとっての誰だったのか。いまの彼女には理解できてしまった。

彼女は、いま自分の身になにが起こったのかを理解していた。視線を巡らせて、いまいる場所を確認する。愕然《がくぜん》と目を見開いた表情で、腕を震わせる。先ほどまで目にしてなにも感じなかった情景が、すべて裏返る。

目もくらむような、真っ赤《まっか》な怒りに。

彼女の口元から、いままで常に浮かべていたうすら寒い笑みが消失していた。手に持っていた本を両手で大きく振り上げて、あらん限りの力で床に叩きつける。

激情の発露はそれだけでは収まらない。小さな足で、何度も何度も本を足蹴《あしげ》にする。非力で、軽い体重で、情けないほど小さい音しか立たなくて、それでも続けざまに踏みつける。

「このっ、この……！　よくもッ、こんなこと……！　あいつは、まだ続けてッ！」

彼女の性質を知っている人間が見れば、あっけにとられただろう。それほどに『万魔殿《パンデモニウム》』という人災《ヒューマン・エラー》にはそぐわない言動だった。

肩で息をした彼女は周囲を見渡す。その瞳は驚くべきことに、理性と感情の光がないまぜになっていた。

「ここを壊す――のは、ダメ。あたしが本体に戻ったら……飲み込まれるだけ。なら……いまの、あたしに、なにが……」

ぶつぶつと呟く。声に出して検討《けんとう》と破棄を繰り返した末に方針が定まったのか。不意に幼い面相を上げる。

「外の、誰かに」

いま聖地には、混沌が渦巻いている。そこに付け入るチャンスがある。

瞳に決意を宿してから、頼りなく視線を落とす。

「――こわい」

いまからやることを想像して、寄る辺《べ》のない自分の身の上を自覚して、ぶるりと肩が震えた。

頼れるもののない心細さに揺れる幼女は、マノンが遺した着物を羽織《はお》る。まったく丈が合っていない。腕を通して裾《すそ》から手が出ない。肩に合わずにずり落ちそうになる。歩を進めると、ずるずると裾を地面に引きずってしまうありさまだ。

自分には不似合いなサイズでもかまわずに羽織った着物の襟《えり》を、ぎゅっと握る。

「なんでよ……」

四大人災《ヒューマン・エラー》の一角『万魔殿《パンデモニウム》』。

人災《ヒューマン・エラー》としての彼女の跳梁ぶりからすれば、信じられないほどか弱い声。いまにも泣きそうな迷子にしか見えない。

それでも彼女には行くべき道が見えていた。迷うことすら許されていない残酷さに震える。

唯一遺った着物をよすがとして、彼女は自我を奮い立たせる。

彼女の姿は小さく、頼りない。

だって、彼女は『最弱』なのだ。誰よりも、自分自身がよく知っている。

「誰も彼も……弱いあたしだけ、残して行かないでよ」

ひどく頼りなく力ない弱音が、誰もいない図書館に残響した。

二章　失われた時の中

『竜害』の発生地点より離れた場所に、小さな肉片が散らばっていた。

地脈から【力】が噴出するきっかけとなった導力列車に乗っていた人物だ。地脈に潜行して加速する特殊な魔導列車は、導力経路を捻じ曲げられて爆散した。当然の末路として、乗車していた彼は原形が残らないほどに四散した。

死体とも称せないほど細かくなった人間の残骸《ざんがい》に、異変が起こった。

竜害の集束を逃れた肉片が、徐々に溶けていく。魔導に見識がある人間が見れば、原罪魔導発動の際に捧《ささ》げられる生贄《いけにえ》の末路と似ていることに気がついただろう。メノウやアーシュナならばより具体的に、『万魔殿《パンデモニウム》』が自身の死を生贄にして自分自身を召喚する際の現象と結び付けたはずだ。

辺りに散った肉片がすべて消え去ると同時に、どこからともなく一人の男が現れた。

紳士服を着た小太りの男だ。

彼は傷一つない自分を確認して、鼻を鳴らす。

「やれやれ……」

カガルマ・ダルタロス。身分制度へ不満を抱く勢力をまとめ『盟主』と呼ばれている彼は、くるりと愛用のステッキを回して肩を叩《たた》く。

「ひどい目にあった。あの娘さんたちも大胆なことをするものだよ。乗っていたのが私でなかったら死んでいたところだ。しかし、だからこそ手段を選ばずに躊躇《ちゅうちょ》なく実行したことは素晴らしい。あの結界都市が跡形もなくなったことに痛快さも覚える。ふうむ、評価に迷うね」

被害に巻き込まれない遠方に召喚されたおかげで、『竜害』の全容がよく見えた。

教典魔導による人為的な地脈の誘導を利用した、【力】の暴発。『竜害』に発展したのは、さすがに想定以上の結果だろう。数時間、聖地につながる【力】の大動脈を絶つのが狙《ねら》いだったはずだ。

「それとも、私が死なないということを知っていたのかな？　さて、どう思うかね、エクスペリオン」

彼が振り向いた先には、一人の男がいた。

中肉中背の、これといった特徴のない男だ。腰に刀を下げている。立ち姿から感じられるものが一つとしてない。表情のない顔立ちのまま、虚《うつ》ろな印象を受ける。

彼は最初から、カガルマがここにいると決まっているかのように佇《たたず》んでいた。

エクスペリオン・リバース。

大陸で最強といえば、彼を差し置いて語られることのない騎士。最高の肉体を持ち剣と紋章で他者の追随を許さぬ技術を磨きながら、いまやガラクタに近い魂と精神しか持たない男だ。

彼はカガルマの問いには答えず、自分の目的を告げる。

「迎えに来た」

「願い下げだね。消えてくれたまえよ」

古くからの知り合いだ。付き合いこそ長いが、二人の間に友好的な雰囲気はない。

「グリザリカなどに戻る気はない。あの時は記憶が消えるのを待っていたが、いまは生き甲斐があるからね。私は私の娘となってくれた子を迎えに行かなくてはならないのだよ。【防人】の陰謀に割く時間は――」

「諦《あきら》めろ」

「――おや？」

カガルマの長台詞にエクスペリオンが口を挟む。

「マノン・リベールは諦めろ。そう言われている」

「ああ……そうなのか。【防人】が言うなら、諦めるべきなのだろうね。ああ、嫌だ嫌だ。あれは、どこまで人のことを見透かしてくれるんだろうかね。『主』もそうだが、私はアレのことも好きになれない。我らの中では【魔法使い】が一番健全だ。まあ、彼女には私のほうが嫌われてしまっているのだがね」

エクスペリオンの報告に肩を落とす。彼にしてもマノンには少なからず思い入れがあったのだ。

だがすぐに表情を切り換えて、うさんくさい笑みを浮かべた。顔を上げた彼には、こだわっていた気配の名残《なごり》すらない。

「まあいいさ、エクスペリオン。君にしては気が利《き》くことに――私が導く新しい娘を用意してくれたんだろう？」

にこやかな視線を向けた先、エクスペリオンの肩口の向こう側には、見るからに猛々《たけだけ》しい少女がいた。

外見と内面がこれほど一致している人間も珍しいだろう。全面的に体のラインを隠すことないドレスは、美しさを隠すまでもなく見せびらかしている。彼女の赤みがかった金髪を見て、カガルマが目を細める。

「あの子の、妹か。素晴らしく意志の強いことが一目でわかるよ」

『妹』という代名詞に、アーシュナは彼女らしくもなく鼻白む。

「……『第四《フォース》』の盟主ともあろうものが、姉上と面識があるかのような物言いだな」

「あの子があの子であった時から知っているとも。君はあの子によく似ている。もしかしたらあったかもしれない、あの子の未来を見ているかのようだ。そう考えるとこみあげてくるものがあるね。さて、アーシュナ嬢。よければ私のことをパパと呼んでくれたまえ。そうしてくれれば、私の力を貸してあげよう」

「貴様まさか、血縁でも欲しいのか？」

にこやかな口ぶりで鳥肌が立つ提案を始めたカガルマに、アーシュナは氷柱《つらら》でも突きつけるような冷ややかさで返す。

「いないだろう、貴様らには。生まれながらに家族などいないのが、貴様ら【使徒《エルダー》】だ。そもそもお前らは、人間なのか？」

「……ほう」

カガルマが感心した吐息を漏《も》らす。

「そうか、知っているのか。いや、知らずとも勘づいているだけかな？【使徒《エルダー》】という単語だけはどこかで聞いたのだね。カマをかける論調すら果敢だ。オーウェル猊下《げいか》の事件のどさくさに紛れて君がグリザリカを出て放浪を始めた気持ちも、よくわかるよ。グリザリカ王家に生まれてしまうとは、君も不運だね」

アーシュナの鋭い視線にもまるでひるまない。ベラベラと長ったらしい口調を変えることなく舌を回す。

「特に、メノウ君に目を付けるあたり、おそろしく勘がいい。なにが見えているのか、いささかの興味があるよ。素晴らしい直感だ。大事にするといい」

「詮索と自分語りを同時にするとは器用な舌だな。余計なことを話すのがよほど好きと見える」

「大好きだとも。口から生まれてきたに違いないとはよく言われたものだ。それこそ、そこのエクスペリオンがまだマトモだった頃などは、よくたしなめられたね。それで？　グリザリカ王国からはるばる聖地まで来て、なにがわかったかね。もしくは協力できる仲間が集まったかい？　いまの君の姉に対抗できる武器を手にできたかい？」

人を食った笑みに、アーシュナは顔をしかめる。第二身分《ノブレス》の王族として尊大と寛大を旨とする彼女をして、カガルマへの生理的な嫌悪感が抑えられない。

「やはり知っているのか？　姉上の変節の理由を」

「知っているよ。君の姉はある日、【使徒《エルダー》】になることを強いられた」

アーシュナ自身、確信はしていない事柄だ。疑いを持ちつつも、あり得ないと否定していた。

それを目の前の男が知っている。

「私たち【使徒《エルダー》】は、古代文明期にそれぞれ別のコンセプトで造られて役目を押し付けられた不死の人間でね。異世界から召喚した純粋概念を利用して、この世界の人間が寿命から解放されようという研究は、千年前は当たり前にあったんだよ。信じるかね？」

「……話を続けろ」

信じる信じないの是非は置いて先を促す。

「私などは、肉体に原罪魔導の性質が混ぜられている。ある一定以上の肉体の損壊が原罪魔導への生贄だと条件設定をされ、失った部分の召喚がされる。純粋概念の魔導ではないから記憶の消費も起こらない。いやはや、おかげで木っ端みじんになっても死なないんだよ」

自分がいましがた蘇った絡繰《からく》りをあっさりと明かしたカガルマは情けない顔をする。

「これはこれで、とてもつらい」

「貴様のありようがおぞましいことは、よくわかった」

「ありがとう。少しでも私のことを理解してくれたようで嬉《うれ》しいよ。とはいえ語れることなど、さしてない。私は周期的に記憶を消されていたからね。人格を守るために、そちらのほうがよかった。【使徒《エルダー》】の中でも私のコンセプトは『肉体的な不死身』であって、魂と精神にはすぐれない。言ってしまえば『万魔殿《パンデモニウム》』の不死性を、副作用なく実現するため実験で生み出されたんだ。成功したからには、私の処遇など、どうでもよかったんだろうね」

「その割に貴様は『第四《フォース》』などというのをつくって、大陸を巻き込んだ騒動を起こしていただろう？」

「不満の受け口だよ。そういうものがあったほうがいい。【使徒《エルダー》】にはそれぞれ役割がある。私は三つに分かれた身分制度を維持する役割を担っているわけだ。『主』は魔導技術の発展を望まなかったからね。彼女の意図に沿って第一身分《ファウスト》が定めた禁忌の線引きに対する不満は燻《くすぶ》る。現体制に対する反乱分子をまとめ上げて、定期的に瓦解させる。いまの『第四《フォース》』の有り様を見てごらん。そんな役どころが私なんだよ。知らずにそんなことをしていたのだから、我ながら怒りに震えるさ」

「使い捨てのような人生の使い方だな。そこまでされて付いていく価値があるのか？」

「価値？　はは！」

アーシュナの問いに、さもおかしいことを聞いたと笑う。

「あるわけがない！　とっくの昔に見放しているよ！　【使徒《エルダー》】の全員がねッ。千年だぞ？　付いていけるはずなどないだろう⁉」

カガルマの表情に激情が弾《はじ》けた。情緒が安定していない。相手の不安定さに、アーシュナは付け入る隙を見出した。

「だけどね……強いんだよ、彼女は。教典に記された、第一身分《ファウスト》の『主』は」

あまりにも、残酷なほどにどうしようもない理由を告げる。

「世界か、彼女か。それほどに、強いんだ。なにより彼女は、まがりなりにも、紛《まぎ》れもなく、世界の守護者だ」

強さ。

カガルマが告げたものは、アーシュナが絶対的に求めていたものだ。求めて、事実として強くなり、それでもまだ、遠く及《およ》ばない。

美しく生きたいから、他のなににも左右されない強さが欲しかった。人は己《おの》が意思を持つからこそ輝くのだ。他人に自分の生きかたを汚されるのは、アーシュナがもっとも嫌うことの一つである。かつての姉を憶えているからこそ、強く思う。

「貴様が『万魔殿《パンデモニウム》』の性質を移植した不死身だというのなら」

自分自身がほかの何者かに侵されるなど、我慢ならない。

「いまの姉上の、なにを持って不死だという?」

「【防人】は『精神的に不滅』な存在だ」

エクスペリオンは二人の会話に口を挟まない。なにをする意図もなく立ち尽くしている。

「詳細は?」

「【憑依】だよ」

カガルマは、一言で答えた。

【憑依】。

アーシュナも一度だけ目撃したことのある魔導だ。砂漠でメノウと共闘した時に現れた三原色の魔導兵は、【憑依】の魔導でメノウを蹂躙《じゅうりん》しようとしていた。

人の記憶と人格をつかさどるのが精神とされている。魂の機能に関しては議論の余地があるが、【力】の心臓に近い機能を持っているというのが論調だ。

どちらが欠けても人間は生きていけない。

しかし自分の機能が欠損した時に、他人のものを移植するという発想はありふれている。

「『絡繰り世』の前身である【器】の魔導を精神に宿したアレは、自らの遺伝要素を持つ肉体に精神を憑依させることができる。グリザリカ王家は、【防人】が生きつなぐため存続しているといってもいい。わかっているのだろう、アーシュナ嬢。君にとって不運なことにね、君のお姉さんも、その犠牲者だ」

「ちっ」

彼女らしくもない苛立ちを見せたアーシュナは、後ろを振り返る。

答えは見つけた。不審を抱いていた、自分の姉の変節。敵の正体は見えた。

だが、強さが足りない。

自分一人では、後ろに佇む男一人すら倒せないのだから。

「こんなにも不愉快な気分になるとはな」

なにもかもが消化不良だ。エクスペリオンに出会ってしまった時点で、聖地においてアーシュナにできることはなくなった。

求める道を進んでいるメノウやモモに、この男の相手までさせるわけにはいかなかった。

アーシュナは、自分のことを不憫《ふびん》だと思ったことなど、ただの一度もない。だがいま明かされた事実は不愉快だった。

「貴様の考えを二つほど訂正させてもらうぞ、【盟主】。まず私が目を付けたのは、メノウではない」

アーシュナが興味を抱いたきっかけとなったのは、桜色の髪を二つ結びにした少女だ。メノウはメノウで興味深いが、よりアーシュナの心を引いたのはモモだった。

「ふむ？　それは気になるが……もう一つは？」

問われたアーシュナは彼女らしく、絶大な自信をもって宣言する。

「お前は私のことを不運と言ったが、私は、自分の天運を疑ったことがない」

カガルマに向けられたのは鮮烈な笑顔だ。傲慢なほどの自信に満ちた笑みで宣言する。

「だから私に付いてこい。気色が悪い貴様の娘になどは断じてならんが、部下としてならこき使ってやろう。私はお前を連れてグリザリカに戻る」

【盟主】が目を細める。

なるほど、ここまで読んでのエクスペリオンの派遣かと納得した。同時に、【防人】に読み切られながらもこの少女ならば打ち破れるなにかがあると期待に心惹かれる笑みだ。

「さすがは、あの子の妹だね」

「バカめ。私はいまの姉上も、当然、昔の姉上をも超えて勝利を摑《つか》むぞ」

アーシュナは堂々と言い放って視線を西へと向ける。

白く輝いていた聖地を見ることはできない。いま起こっている出来事を象徴するかのように、『竜害』が誕生の余波をまき散らして世界を満たしている。

訪れる時、モモと一緒に歩いた道だ。あの時は楽しかった。意地っ張りでわかりやすい反応を返すモモは、不思議とアーシュナの関心を引く。

グリザリカで出会って以降、同じ旅路をたどっていた少女たちとは目指す道が分かれることを自覚してアーシュナは踵《きびす》を返す。

「また会おう」

届かなくとも、別れを告げない理由にはならない。いつか再会することを寸分も疑うことなく、『姫騎士』アーシュナ・グリザリカは聖地の騒動を置き去りに立ち去った。


導力光の大瀑布《だいばくふ》が世界を染め上げている。

地面に空いた大穴から噴き出る地脈を起点にして、導力光が旋風《せんぷう》を巻いて大気を唸《うな》らせる。びゅうびゅうと悲鳴を上げる風、地鳴りとともに削り取られる地面。光彩を放つ【力】の濁流は、一向に衰える前兆がうかがえない。

周辺の物質を削りとって糧にしながら、内包する【力】はぐんぐんと伸びていく。いくら導力と物質を取り込んだところで魂は生まれないのだが、巨大すぎる【力】はひたすら無軌道に膨らみ続ける。万魔殿《パンデモニウム》が召喚した魔物を素材として巻き上げたせいだろう。心なしか体表が肉付いており、まさしく生物の様相を呈していた。

魂なき【力】が肉体と精神を求める、擬似生命現象。

なんて恐ろしい。

眼鏡《めがね》のレンズを通して見える【力】の奔流に、神官であるフーズヤードは震えた。

あれが数十年に一度の頻度で発生する『竜害』。

直近で大きな被害が出たのはグリザリカ王国だ。五十年ほど昔に発生して遊泳した『竜害』を前に、あの国は遷都《せんと》を余儀なくされるほど国土を失った。かの地で当時は無名だった神官オーウェルは、混乱する情勢のなか多くの人々を率いて『竜害』を治めることで大きく名を上げたのだ。

目の前の『竜害』は、まだ擬似生命現象としては確立していない。だというのに人間がどれほどちっぽけかをこれでもかといわんばかりに思い知らせてくる。

まだ本格的な破壊活動を始めていない成りかけであるとはいえ、人知を超越した現象であることに変わりはない。フーズヤードは、こんなところに自分を連れてきた人物へ、心の中でだけバカバカ無茶ぶり上司めと毒づく。

「……おい、フーズヤード」

「ひゃ⁉」

不意の呼びかけに、フーズヤードは奇声を上げつつ我に返る。

前を歩いているのは、年相応に衰えながらも意思の強さが前面に出ている老婆だ。かくしゃくとした足取りはフーズヤードが小走りにならねば追いつけないほどしっかりしている。

聖地の大司教、エルカミ。

教典に記された『主』に仕える第一身分《ファウスト》の中でも、頂点に近い立場にいる人物だ。

まさか、胸中の悪口が見抜かれたのかと冷や汗を流すフーズヤードへ、エルカミはうろんな目を向ける。

「なんだその顔は。笑うほど、楽しみか？」

「へ？」

笑う。自分が？　あんな、恐ろしいものを目の当《ま》たり《あ》にして？

そんなバカなと、フーズヤードは自分の口元に手を伸ばす。

「え、えへへへ……楽しみだなんて、そんな、まさか」

口先で否定しながら指先で触れた口元は、だらしないほど緩《ゆる》んでいた。

自分は笑っていた。これ以上ない満面の笑みだった。よだれすら垂《た》れそうになっていることに気がついて、慌ててぬぐう。

そんなフーズヤードへエルカミは不気味なものを見る視線を投げかける。

「『竜害』を見てその反応とは、気が知れんな。あれのどこに笑う要素がある？」

「だ、だって……！」

まるで自分が異常者であるかのような指摘に、ムキになって言い返す。

「だって、『竜害』ですよ。地脈と天脈の暴走――『龍脈』の顕現！　人災《ヒューマン・エラー》にも劣らない災害です。普通なら絶対に近寄れるわけも、干渉できるわけもないのに……エルカミ大司教が協力してくれる幸運に恵まれるなんて、えへっ、えへへへ……本当にすごい……！　これが、あるべきなんだっていう【力】ですよ！」

「……やはり、貴様は『龍門』の後継者だな」

とうとう嬉々として黄色い声を上げ始めたフーズヤードを無視して、エルカミが教典を開く。

まだ発生源からは遠いが、いまの場所が生身で『竜害』に近づける限界だ。

魔導行使の前兆、【力】の発露である導力光のきらめきに、フーズヤードは目を奪われる。

エルカミは、まさしく奇跡の人間だ。魔導的に完全な人間がいるというならば、それは彼女で相違ない。肉体的な老いなどまったく問題にならない。精神的な不完全性など論ずる気すら失せる。

肉体も、精神も、魂すらエルカミにとっては不純物であるとしか見えない。魔導学的に完璧な設計図を引いてからつくられたとしか思えないほどエルカミを満たす【力】は完成されている。

フーズヤードはエルカミのありように陶酔する。

自分が彼女のようになりたいとは思わない。

だが自分もいつか——彼女のような【力】を、創りたい。

『導力：接続——教典・一章二節——発動【杭を打ちて、始まりの地を知らしめる】』

たったの一撃。竜害の起点となっている大穴に打ちこまれた導力の杭が、地脈の噴出を止める。

『竜害』において、もっとも恐ろしいのは巨大な導力の塊である疑似生命体『竜』が空間を遊泳し始めることだ。それを防ぐために、教典魔導で力ずくで地脈とのつながりを固定したのが、いまの一撃である。

地脈からの導力の供給を失った『竜害』が動きを止める。付け入る絶好の機会を逃すエルカミではない。打ち込んだ楔を経路に、教典魔導を発動させる。

『導力：接続――教典・九章三節――遠隔発動【邪悪なる在り処を知り、光にて照らせ】』

精神体を吹き散らす魔導照射は、肉体を持つ者にはまぶしいだけで無害に等しい。遠隔で発動した教典魔導は、『竜害』を吹き散らすのではなく形成している導力を消費させているのだ。

地脈からの供給を失い、存在を構成していた【力】を強制的に教典魔導として消費させられた竜が、苦し気に身をよじる。もう少しで生まれ、世界を泳ぎ、自由になれたのにと言わんばかりに導力の脈動が大気を打ち鳴らす。

それが最後の抵抗となった。

「うぎゃぁ！」

フーズヤードが悲鳴を上げた。とうとう巨大な『竜害』が存在を保てなくなり、砕け散ったのだ。土砂を主にして、『竜害』が巻き込んでいた物質が崩壊を始めて落下する。

『導力：接続――教典・二章五節――発動【ああ、敬虔な羊の群れを囲む壁は崩れぬと知れ】』

巻き込まれたら死んでしまうと慌てるフーズヤードを横目に、エルカミが教典魔導を展開。魔導によって土砂崩れを思わせる勢いでなだれ込んだ被害から逃れる。

続けざまにエルカミの持つ教典に、嫉妬《しっと》すら浮かばない量の導力が流し込まれた。

『導力：接続——教典・十二章一節——発動【打ち付けよ、打ち付けよ、ただ支えるために】』

数え切れないほどの導力の釘《くぎ》が、エルカミの周囲に浮かぶ。

「おい」

「はい！　なんでしょうか！」

「どこに打ち込むか、お前が指示しろ。そのために連れてきたのだぞ」

「あ、はい！　そうでした！」

慌てて指示を出す。フーズヤードが指定した地点に導力の釘が次々と突き刺さっていく。地脈の要諦《ようてい》に食い込んだ導力の釘から導力が伸びていき、経路をつなげていく。巨大な建築物の基部を構築するかのように、広範囲で導力が組み上がる。

聖域の形成に似ているが、結界とは目的が違う。フーズヤードが使用するための儀式場を形成しているのだ。

なんて素晴らしい。

『竜害』の残光がきらめくなか、目を輝かせる。フーズヤード一人では、ここまで準備を整えるだけで三ヶ月は費やす。どれだけの素材を使わなければならないか、どれだけの労力を注《そそ》がなければならないのか、試算しただけで気が遠くなる。

そのすべてを、エルカミはたった一人で肩代わりしてみせる。

エルカミの力を借りて儀式魔導を行使できる喜びたるや、筆舌に尽くしがたい。自分一人では絶対にできない規模の魔導に手を出せる。なんら責められることのない大義名分を得て、聖地周辺の地脈を自由にいじくれるのだ。

儀式魔導の行使者として、これほどの幸福があるだろうか。

「寸断された地脈を元に戻すのに、どれほどの時間が必要だ？」

「……え？　あ、はい。えへへ、そうですねっ。周辺の環境を魔導的な最適解にするには、一週間くらいかかります！　私、不眠不休でがんばるので、ぜひ――」

「最短で答えろ」

「――うっ」

高位神官が十人がかりになれば、三日で終わるか。それ以上の人数を儀式魔導で費やすと、連携の問題で逆に難易度が上がる。おおよその目算を弾き出してから問いかけたエルカミに、徹底的にこだわりたかったフーズヤードはしぶしぶ答える。

「地脈をつなげ直して聖地結界を再起動させるだけなら一時間……もいらないですね。四十五分で完了できます」

吹き荒れる『竜害』の範囲からかろうじて逃れていた修道院の屋根の上に二人の少女がいた。彼女たちは、エルカミとフーズヤードが『竜害』を御しきる一部始終を見ていた。巨大だった【力】の奔流は鎮められて拡散して圧力を失い、名残である膨大な導力光がダイヤモンドダストよりも美しく空間を満たして染めている。

霧雨のような美しい導力光を浴びている少女の片割れが、口を開く。

「どうにかなるものなんですね、『竜害』って」

どこか他人事な口調で言ったのは白い神官服を着た小柄な少女だ。メノウのために行動をすることを信条としている神官補佐、モモである。いまの発言は、彼女が原因で『竜害』が起こったことを加味すると無責任の極みだった。

もう一人、修道服を着た少女は、白手袋をはめたモモの手で襟首《えりくび》をひっつかまれていた。

「そうね。『竜害』が遊泳する前に鎮圧された例が少ないから他と一概には比べられないはずだけど……それよりも、ねえ、モモ」

「なんですか」

ウェーブのかかった銀髪を肩口に揺らしながら、サハラは自分を捕らえている相手の顔を見つめて乞う。

「もう逃げないから、離してくれない？」

「嘘《うそ》つかないでくれます？」

半眼でなされたモモの即答に、サハラはそっぽを向いた。

サハラの懇願を聞いても、襟をつかむ握力はわずかも緩まない。導力義肢になっている金属的な右腕で引きはがそうとするが、恐ろしいことに義腕の出力よりもモモの腕力のほうが高い。

モモの予想通り、サハラは逃げる気にあふれていた。

なにせいまいる場所は完全に危険地帯である。モモとサハラは聖地が崩壊するきっかけを引き起こした実行犯だ。事が露見し次第、即座に処断されておかしくない。第一身分《ファウスト》のトップである聖地の大司教が見える場所に残り続けているなど正気の沙汰《さた》ではないというのがサハラの見解だ。

眠たげな目元に似合うけだるい態度のまま、抵抗するだけ抵抗してみる。

「十分、やることはやったと思うの。メノウから頼まれた聖地の結界解除は達成したじゃない。私たちは頑張ったわ」

聖地が消失した時点でメノウの頼みごとは達成した。ほとんどの実働はモモがこなしており、サハラは立ち会っていただけで特になにもやっていないという一面もあるが、立ち会ったという事実は重要だ。今後サハラは、一生このことについてメノウに恩を着せるつもりである。次に顔を合わせた時にドヤ顔できるという点についてはとても気分がいい。

もっとも、それもメノウが生きていたらの話だ。

「メノウ、もう導師《マスター》に殺されているかもしれないけど。意外よね。メノウがアカリちゃんと一緒に死にに行くのを、あなたが見過ごすとは思わなかった」

「先輩は、生きるための道を選んだんです」

聞き捨てならない揶揄に、モモがぎろりとサハラをにらみつける。

「やっと生きるための道を選べたんです。だから、絶対に帰ってくるって信じています」

「あっそ。あんな、誰《だれ》にでもいい顔する女を信じるなんてバカじゃない？」

「大丈夫ですよ。少なくとも先輩がお前にいい顔したことがないのは、よく知ってますから。僻《ひが》みをこじらせないでくださいね」

「は？　なに？　別に私、メノウのことなんてどうでもいいし。あんな面《つら》だけ女のことなんて知ったことじゃないわ」

「へー、そーですかぁ」

モモが鼻で笑う。見透かした態度に、サハラは舌打ちした。

やはり修道院時代からメノウやモモとは通じ合わない。改めて性格の不一致を確認したサハラは目線を聖地の周辺地帯に戻す。

導力光に満ちて美しいばかりの中空とは裏腹に、巡礼の道であった平地はすり鉢状にえぐれている。聖地の周辺にある修道院と田畑は『竜害』に巻き上げられた影響で壊滅状態といってよかった。竜害の余波がどれだけすさまじいものだったのか、目の前の情景が告げている。

その『竜害』を散らした教典魔導の規模たるや、発生のきっかけとなったモモの教典魔導が児戯に見えるレベルだった。

「認めなさい、大司教のすごさを。私たちレベルじゃ太刀打ちできないわ」

「そーですね。でもそれ、お前の感想ですよね」

モモは一度、エルカミの行使した魔導を見ていた。

四大人災《ヒューマン・エラー》である万魔殿《パンデモニウム》が呼び出した巨軀の魔物すら貫く、光の剣。繊細さと強大さを合わせて束ねた魔導行使には、モモをして戦意を根こそぎ奪われた。その時のことを思えば、『竜害』を散らした魔導に驚くのも今更だ。

「お前がなにを思おうと、誰がどんな被害を被《こうむ》ろうと、先輩の退路の確保が重要です。ここでぼーっとしててもしょうがないので行きますよ」

「待ちなさい。ここはメノウを信じてなにもせずに息をひそめて待機で——や、やめなさい！人の腕をもごうとするのは！」

無言のまま全力で肩を押さえて義腕をひっぱり始めるモモから慌てて離れる。無駄な抵抗をするサハラに、モモは面倒だと息を吐いた。

「いやもう、うるさいんで。お前は口がなくなったほうが役に立ちそうじゃないですか」

「あなた発想の根本が暴力で解決なの、おかしいでしょ……！」

サハラはメノウと再会して以来、複雑な変節を経て、魔導義肢である腕に精神と魂が憑依《ひょうい》している。腕だけでも意識はあるし魔導も使える。それでも肉体から腕だけ引っこ抜いて持ち運ぼうという発想に慄《おのの》くサハラのリアクションなど、モモの心にはまったく響かない。

モモはメノウが離脱するまで全力を尽くすつもりだった。

ちなみにサハラからすればメノウは自力で脱出できると思っているし、できなければできないで別にという気持ちなのだ。

聖地の結界が戻った場合、離脱は困難なものとなるだろう。千年前から残る長距離転移の要である『龍門』。大聖堂は、その施設の保護と守秘のために存在した。聖地の結界が戻った場合、出入り口のない大聖堂が構築され直す。実質、メノウの戻る道が封鎖されてしまう。

「あそこに手を出そうとか、それこそ嘘《うそ》でしょ？　さっきのを見てなかったの？　死にたがりなの？　もしかしてモモはここで死んでくれるの？　すごくうれしい」

「私だって、無理なことは無理だっていう判断ぐらいできますよ。エルカミ大司教を敵に回すのは……無理です」

「意外だわ。ストーカーに人生を捧げている人間の言うこととは思えないくらい理性的ね」

「そうですね。いまお前を殺さない程度には理性的でいてあげますよ」

「それはどうも」

モモとてメノウのために無茶をするのはやぶさかではないが、失敗すれば不利になることに挑戦する必要はない。大司教を相手に喧嘩《けんか》を売るのは無謀を通り越して意味がない行為だ。

「ねらい目はあっちです」

モモが指さした先には、『竜害』の跡地でせっせと働くメガネの神官の姿があった。

緑髪にメガネの神官、フーズヤードは【力】が枯渇している大地の地脈を整えていた。

フーズヤードが地脈に干渉できるようにと、導力経路の基部はエルカミが組み立ててくれた。

エルカミが『竜害』を散らした後に教典魔導で生成したのは、普通の街中によくある『祠《ほこら》』の代用だ。

人が住む町中には、教会のシンボルマークが納められた石造りの祠が点在している。あれは意味もなく建てられているわけではなく、場所を選んで地脈に干渉し導力の流れを整えるために建立《こんりゅう》されている導器だ。

ライフラインのエネルギー源として導力を町中に張り巡らせる必要がある都市部はもちろん、【力】のたまり場になりやすい山道などにも祠は建立され、地脈の誘導や観測を行っている。

各地の地脈の動向を見守るのも、第一身分《ファウスト》の重要な役割だ。

エルカミはフーズヤードの指示のもと導力の釘を大地の魔導的要諦箇所に打ち立てることで、一時的な祠と見立てた。中長期で運用できる耐久性はないが、短期的な利用には十分すぎる代物だ。

フーズヤードは複数の祠に連結する経路へ導力を注いでは自分の精神を分散させ、意識を大地に溶かしていく。

地脈整備のための儀式魔導で没我の状態にありながら、彼女の気分は上々だった。

エルカミの命令で竜害鎮圧に駆り出された時は今日が命日かなと絶望していたのだが、意外や意外。素晴らしい役得の連続である。

聖地周辺を不毛の地にしないためにも、地脈を正常に運用する必要がある。【力】の流れがなくなった土地は、不毛の大地になることがある。大陸中央部にある砂漠地帯などは、地脈が枯渇した土地の代表例だ。

本来ならばあの地域は、大規模な砂漠ができるような気候ではない。【力】の巡りから外れたせいで地域一帯に生命が根付かずに枯れ果て、千年かけて徐々に砂漠地帯が広がった。

地脈の整備となればフーズヤードの得意分野である。奇跡の【力】の持ち主であるエルカミが教典魔導によって形成した儀式場を使えるなど役得だと張り切っていた。

聖地に流れる導力が元通りになれば、【力】の供給も再開されて結界都市である聖地も再構築される見込みだ。

エルカミはフーズヤードに断絶した地脈の整備を任せ、聖地の跡地に帰還した。つまり聖地結界の再起動後は、好きに周辺の地脈をいじっていいということである。フーズヤードは前向きにそう解釈した。

建物が戻っても、本格的な聖地の復旧にどれだけ時間がかかることか。そこら辺はフーズヤードの仕事ではないので、彼女は気楽な態度を崩さずにいた。

「ん？」

地脈を通じて人の気配を感じた。背後からだ。本来のフーズヤードには人の気配などを感じられる鋭敏性はないが、いまは別である。いまの彼女は、魔導的にならば周辺すべてを把握できる境地にある。

そちらに意識を向けると、見覚えのある導力の流れを感じる。

若々しく、少しばかり不安定ながらも、稀有なほどの【力】の才能を身に宿している。

この導力は、一度、視た。

「モモちゃんさん？」

「……気づかれるとは思いませんでした」

名前を呼ぶと、声が返ってくる。

フーズヤードの前に姿を現したのはモモだ。この騒動で離ればなれになって連絡がつかずにいた後輩の登場に、ぱっと表情が華やぐ。

「よかった！　無事だったんだ――」

「とりあえず、お前を拘束させてもらいます」

「――なんて？」

いきなりの宣言に、あっけにとられる。

ずたずたになった地脈を整えるために労力をかけているところへの宣言だ。誰がなんのために『竜害』を引き起こしたのかを知らないフーズヤードにとっては青天《せいてん》の霹靂《へきれき》でしかなかった。

だがモモには彼女の同意など得るつもりはない。聖地結界を再起動させないためには、地脈をつなぎ直そうとしているフーズヤードを叩くのがもっとも簡単で確実なのだ。

「すぐに終わりますから、おとなしくしてくださいね」

あっけにとられるフーズヤードへ、問答無用でモモが躍りかかった。


一仕事を終えたエルカミは、聖地へと戻っていた。

『竜害』は無事に鎮めることができた。人災《ヒューマン・エラー》と並び称される災害だが、しょせんは成りかけだ。龍脈のくびきから外れた場合はエルカミ一人の手に負えたものではなくなるが、世界を遊泳し始める前の固定された状態だったため対処は容易《たやす》かった。

それでも被害は甚大だ。特に聖地周辺に点在する修道院は壊滅状態に近い。食料を生産していた田園に至っては、年単位をかけても元に戻る保証などない。寸断された地脈の整備はフーズヤードに任せたので大地が死ぬことはないだろうが、頭の痛い問題である。

だが、ひとまずは聖地である。

地脈の整備さえ終われば、結界は自動的に再起動を始める。白く輝く街並みが戻れば、転移駅ホーム『龍門』と『星の記憶』は再び聖地の奥深く人目のつかない秘蔵となる。二つの施設を隠した後に、避難させている者たちを呼び戻して復興作業をさせればいいだろう。数か月がかりの作業になることは間違いないが、これで目途《めど》はついた。

すでに聖地復帰後に思考を回し始めたエルカミが次に関心を寄せたのは、トキトウ・アカリの居場所だった。

大聖堂の塔内部に監禁していた関係上、聖地跡地のどこかにいなければおかしい。土地勘を持たない彼女が結界の消失後に一人で的確な逃亡ができるはずもないのだ。

だというのに黒髪の少女の姿はどこにもない。

「出し抜かれたか」

ここにいないとなれば、行き先はフーズヤードが『龍門』でつなげた転移門の先――『塩の剣』のある大地しかない。まさかとは思ったが『竜害』を引き起こした列車爆破も人為的なものだったのだろう。結界を超えるためだけに聖地に続く大動脈を寸断する人間がいるとは思いもしなかったために、敵の存在に気づくのが遅れた。

しかし彼女に焦《あせ》りはなかった。この場にいない人物が、もう一人いたからだ。

導師《マスター》『陽炎《フレア》』だ。

抜け目のない彼女のことだ。敵の動きを事前に予測していて先回りしたに違いない。不本意だがトキトウ・アカリに関しては『陽炎《フレア》』の働きに任せることにした。

賊《ぞく》の目的が『塩の剣』だとすれば『龍門』の管理者であるフーズヤードが狙われる恐れもあるが、エルカミは一人残したフーズヤードの心配はしていない。あれで、彼女も第一身分《ファウスト》の神官だ。聖地に任じられる前は世界を放浪していた巡礼神官でもあった。鈍《どん》くさいのは確かだが、自称しているほどに無力ではない。万が一、誰かに襲われても自力で乗り切るだろう。

普段ならともかく、いまのフーズヤードは魔導儀式場に座しているのだ。

「しかし……やはり、ひどいものだ」

聖地があった場所は見れば見るほど、惨憺《さんたん》たる有様《ありさま》だ。被災地さながら、様々な物品が散乱する跡地を歩いていたエルカミの視線が、不意に止まった。

人影を見つけたのだ。強制避難勧告は教典を使った通信魔導で発令している。もしも勧告を無視しているような神官が残っているのならばただではおくまいと意気込んで、人影の正体を見たエルカミは驚きに息を止める。

長く伸びた黒髪を垂らした少女だ。立ち尽くしていた彼女がエルカミに目を止める。

「ひどい有様だね、エルカミ」

名前を呼び捨てにされるのは、いつ以来か。

喉《のど》が、からからと渇いていた。声が出るのが不思議なほどに乾燥した声帯で言葉を絞り出す。

「なぜ、あなた様が……」

第一身分《ファウスト》の頂点。

教典に記され、現世に実在する『主』が、そこに立っていた。

モモの拳《こぶし》がフーズヤードへと到達する寸前。

横合いからの衝撃が、小柄な体を吹き飛ばした。

「なッ――!?」

突然の攻撃にモモは驚きの声を上げる。フーズヤードのいる場所とは関係のない位置から、横殴りにされたかのような衝撃を受けたのだ。モモの導力強化を突破して肉体を傷つけるほどの威力はなかったものの、まったく予想していなかった場所から攻撃をされた。

驚愕《きょうがく》しながらも体勢を整えて着地する。

魔導構築の気配はなかった。フーズヤードは一歩も動いていないし、彼女が紋章魔導や教典魔導を発動させるそぶりもない。

だが。

「……」

モモは無言で目だけを動かし、攻撃が来た方向を見る。なにもないように見えるが、集中すれば気配が違うことがわかる。

大地が、静かに脈打っていた。

特定の場所だけではない。モモが立っている地面の下で、とくんとくんと導力が鼓動している。人の心臓が脈打つ音に似たテンポで、【力】が流れて広がっている。

フーズヤードの心臓に共鳴して、導力が脈打ち大地に【力】を運んでいるのだ。

周辺の地面がフーズヤードと接続している。脈打つ導力はモモの知覚を遥か超えて広がっていく。

モモは口元を引きしめる。先程の攻撃の理屈はわかった。脈打つ大地から導力が噴き出して、モモの体を打ち据えたのだ。導力を魔導現象に変換することなく、より原始的な圧力を攻撃手段とした。

導力の物理的圧力を利用するのは、列車を動かす導力機関などと同じといえば同じだ。

だが、干渉の範囲がおかしい。フーズヤードが掌握している範囲は、人間が個人で知覚できる域を逸脱している。地図で認識すべきレベルの面積だ。

モモの視線の先にいるフーズヤードは、穏やかで頼りない雰囲気のまま困った顔をしている。一見普段と変わりない彼女の目を見て、モモは自分の迂闊《うかつ》さを呪った。

「ごめんね、モモちゃんさん」

焦点が、合っていない。ぼうっとした視線は、モモを見ているようで実像を捉えていない。フーズヤードの気配は祭儀のただ中にある聖職者の神秘を帯びている。

いまの彼女はモモのことを導力でしか見ていない。モモのことだけでなく、いまの彼女は己自身も含めて、世界を【力】でしか捉えていないのだ。

「いますごく楽し――大切なことをしてるから、邪魔はしないでほしいかな」

大地に張り巡らされた【力】が、大きく脈動した。

「ッ」

モモはとっさに飛びのく。だが距離をとったのは不利な要素にしかならなかった。

真下の地面が揺れる。モモが物理的な鳴動だと感じたのは錯覚だ。大地はそのままに、下にある【力】がぐうっと持ち上がる。殻を破るもどかしさを突破して、導力光が圧力を伴って吹き出す。

ひどく原始的で、精緻さのかけらもない乱雑さで噴出した導力が、モモの鼻先で破裂した。

「っい⁉」

衝撃が体を打ち据えた。

いまモモが立っている場所は噴火直前の火山地帯に近い。いつ何時、地面の下を巡るマグマが吹き抜けるかわからない。しかも悪いことに、そのマグマはすべてフーズヤードの制御下にあるのだ。

足元が敵に回るというのは、モモからしても初めての経験だ。導力を導力のままで殴りつけてくるという原始的で非効率的な使い方だが、フーズヤードの掌握している範囲が広大すぎて、どうにかできる余地がなかった。

「こんな事ッ、できる人間がぁっ、いるなんて……！」

いっそ、人間かどうか怪しいレベルだ。実は人災《ヒューマン・エラー》でしたと言われたほうがよほど納得できる。なにせいまのフーズヤードは、かつてモモが古都ガルムで行使した地脈の噴出現象を連続的に、かつ高次元に制御して放っているのだ。

メノウは地脈を利用する時に、自分の肉体を通して卓越した魔導技術で身に余る導力を制御する。あらゆる導力に対して肉体的、精神的に抵抗がないという特性を生かした導力の操作方法だ。

その点でいえば、いま行使されている地脈の利用の仕方は、メノウとまったくの逆だ。

フーズヤードは儀式魔導によって自分の精神を地脈に投じて拡張させている。

地面を流れる導力に精神をまんべんなく溶かして、擬似的に肉体の一部として取り扱っている。一歩間違えれば肉体から精神が飛んだまま、二度ともとには戻れない。

精神は薄めて広げることはできるが、総量を増やすことは決してできない。

広げれば広げるほど自分を自分足らしめている自我が薄くなっていく。フーズヤードの儀式魔導は人格が世界に流れたまま溶けて消えかねない絶技だ。

「ねえ、モモちゃんさん。私ね、儀式魔導の行使者として、常々考えていることがあるの」

戦闘中であるというのに、フーズヤードはお喋《しゃべ》りを始めた。鼻歌でも奏《かな》でかねないほど気楽な口調であるが、そこかしこの地面から噴出してはモモを襲う導力の圧力は緩まない。

「生命の三要素は肉体、精神、魂の三つだって言われている。導力は魂が生み出す【力】であり、生命の定義からすると魂の副産物でしかないんだけど、これってちょっとおかしいよね」

モモは噴出して襲い掛かってくる導力を紙一重でかわしながら、なんとか間合いを詰められないかと頭を絞る。

糸鋸《いとのこ》をスカートの裾《すそ》から出して振るう。だめだ。圧力に負けてあっさり吹き飛んだ。糸鋸の欠点である軽さがフーズヤードの操る原始的な導力の暴力と致命的に相性《あいしょう》が悪い。

「導力は素材と組み合わせて正しく扱えば、魔導現象が生まれる。これがどういうことか本当の意味で理解している人って、少ないと思うんだよ。導力は火になり雷になり風になる。可能性として、どんな現象にもなりうる。物質として残り続ける魔導っていうのは残念ながら見たことがないけど……古代文明期なら、もしかしてあったりするのかな」

いっそ、ダメージを無視して突撃するのがいいかもしれない。

とうとう竜巻のただ中にいてもこうはなるまいというほどの【力】の流れに取り囲まれたモモは、覚悟を決める。

「素材と正しく組み合った導力がどんな現象も起こせるなら、生命活動っていうのは【力】が引き起こしている魔導現象じゃないのかな。魂が導力の源泉じゃなくって、導力に魂という素材が組み合わされることで起こるのが、私たち人間っていう存在じゃないってことを、どうして否定できるのかな」

意識が現実に定まっていないフーズヤードの口から、歌うように茫洋《ぼうよう》とした声が紡《つむ》がれる。台詞《せりふ》に脈絡がないのは意識が半分飛んでいる証拠だ。

ぶん殴って意識の残り半分を飛ばしてやると、拳を握る。

「論証がないただの空想に近い仮定なんだけどさ。エルカミ大司教を見たときからずっと、そう思えてならないんだ。あの人の導力を見ていると【力】の巡りだけで生命は完結できる気がしてならないの」

普段はとぼけた性格のフーズヤードだが、いまの彼女には世界に深く沈みすぎたせいで真理の一端に取り込まれたのではないかと思わせる神秘性がある。

「もしそうだったら、生命活動だけにとどまらないよね。生命どころか世界自体、莫大《ばくだい》な導力が折り重なって奏でられる魔導現象でしかないのかも。この星の中心にある【力】が、この星という素材と組み合って『世界』っていう魔導現象を起こしているんだとしたら……あははっ、もしそうだとしたら、すごいよねっ。この星の導力に接続できれば、世界の歴史っていう魔導現象が解読可能になるのかも！」

知るか！

全力で罵声を叩きつけたかったが、モモには声を出す余裕もない。もはや特攻しかないという覚悟を決め、導力強化で身体能力を最大限高めた。

「はい、捕まえた」

いままさに踏み込もうという時、モモの足元から噴き出した導力光が螺旋《らせん》を描いて周囲を取り巻いた。とっさに顔を上げるが、天井《てんじょう》もあっという間に閉じられる。

導力の圧力で中のものを閉じ込める、壮麗な光の鳥かごだ。

「うまくできたけど……あーあ。エルカミ大司教には、まだまだ及ばないなぁ」

「なにを、言ってやがるんですかぁ！」

導力の檻と人間であるエルカミを比較する神経が意味不明すぎる。

閉じ込められた怒りに任せてモモが全力で殴るが、圧力に弾かれる。広範囲の地脈とつながっているせいで導力の出力が個人の範疇《はんちゅう》を超えている。

「出せッつってんでしょーがぁ！」

「だーめ」

怒声とともに何度も内側から叩《たた》く。モモを閉じ込めた張本人であるフーズヤードは、内部で暴《あば》れる音に顔を困らせた。

多量の導器と複雑怪奇な魔導構成、精神を崩壊させかねない境地にためらうことなく没頭する儀式魔導は、教典魔導と比べてすら難度と規模の桁《けた》が違う。

儀式魔導を発動させた状態ならば、無類の強さを誇るのがフーズヤードという神官だ。

モモは感情の高ぶりと導力強化の強度が比例するのだが、怒り心頭のいまですら光の鳥籠から抜け出せない。何度か殴りつければ亀裂が走るものの、壊す端から再生する。導力を固定しているのではなく、大きな【力】の流れにつなげて循環させている証拠だ。川の水面に大岩を投げ込もうとも、すぐに元の流れを取り戻すのに似ている。

「怖いから暴れるのやめてよぉ……。ていうか無駄だって。導力って循環と構成が完全になると不滅性を持つから、外部からの干渉だと壊せないし壊れても元に直るんだよ」

「はァッ？　なんですかソレ⁉」

「あれ？　モモちゃんさん、知らなかったの？　……あ、もしかしたら、第一身分《ファウスト》でも研究専門じゃないと知らないかも。戦闘じゃ使えない理論だもんね」

「戦闘で使えないいなら、これはなんだっていうんですかぁ！」

「いやだから、いまやってるのって戦闘のためじゃないし……儀式魔導って導力を操る魔導じゃなくて、世界とつながるための魔導だよ？　自分の魂の【力】を操るんじゃなくて、自分以外の大きな【力】に精神を投じるの。私、地脈の整備に集中したいからモモちゃんさんには大人しくしてほしいんだけど……」

「ここまでして戦闘用じゃないとか、そんなこと言います⁉」

「そりゃ言うよ。私、非戦闘員だもん」

モモを捕らえたからか、フーズヤードの意識の焦点が少し戻っている。

自称非戦闘員に閉じ込められてしまった戦闘特化タイプのモモの神経を逆なでする発言だが、フーズヤードに悪気はない。事実として、彼女は戦闘要員ではないのだ。

もしもなんの準備もなく接近戦でモモとフーズヤードが戦えば、彼女は三秒でモモに敗北する。そういう意味では、彼女は神官の中でも最弱の部類だ。身体能力を底上げする導力強化はへぼだし、教典魔導も戦闘用の攻勢魔導はてんで使えない。

ただ彼女は、魔導の専門集団といえる第一身分《ファウスト》にあっても稀有《けう》で突出した才能の持ち主でもあった。

世界を巡る導力の経路、龍脈を使った複雑怪奇な魔導構成を編み上げる祭儀――『儀式魔導』の一点で右に出る者がいないほどの傑物だ。

「ちょっと頭を冷やそうよ、モモちゃんさん。いきなり襲いかかってきたことに関してはさ、私も一緒にエルカミ大司教に謝るから。魔物が襲来してきたりいきなり聖地が消えたり『竜害』が発生したりで、びっくりしたんだよね？　モモちゃんさん、もともと巡礼神官だったらしいし、聖地所属に嫌気さしちゃったのかな？　いきなりこんな事件が起こったら、逃げだしたい気持ちもわかるなぁ」

「お前もしかして事態を一つたりとも把握してませんね⁉」

「うんうん、わかるわかる。命令違反もしかたないよね！　脱走しようとしたことは黙っててあげる！　そういうこともあるよねっ」

「この能天気ぃ！　そーいう段階じゃないですよ！」

理解ある先輩発言のようで、その実なに一つとしてモモのことを理解していない発言に怒りのボルテージが上昇する。フーズヤードはモモを閉じ込める行為を片手間に、聖地結界を再起動させるための大動脈との再接続の作業を続ける。

聖地の再起動まで、あと三十分余り。

モモとフーズヤードの勝負は完全に決着がついていた。

「ま、そんなものよね」

魔導義肢である右腕を変形させた射撃用のスコープで遠方から観戦していたサハラは、結果を見届けた時点で義腕を元に戻す。聖地にいる神官は、第一身分《ファウスト》の中でも選り抜《よぬ》きの精鋭ばかりだ。モモが負けることもあるだろうと当たり前に受け入れた。

そしてサハラにはモモを助けに行くつもりなどこれっぽっちもない。捕まったモモの場所から背を向けて歩きだす。援護をしろと言われていた気もするが、近距離にいないモモなど怖くもなんともないから言うことを聞く気など微塵も湧かない。背後からモモを撃ち抜かなかっただけ感謝してほしいくらいである。

さて、これからどうしようか。

砂漠でメノウの教典に精神と魂をぶち込まれて以来、ようやく誰からも干渉されない自由の身になったと考えを巡らせた時だ。

「どこに行くの?」

サハラの背後で幼い声がした。

聞き覚えのある声色《こわいろ》に、ぎくぅっと肩が跳ねる。慌てて振り返ると予想通りの小さな幼女がサハラの影から這《は》い出《で》ているところだった。

サハラの肉体は原罪魔導によって再構成されているため、万魔殿《パンデモニウム》の眷属《けんぞく》として魔導的なつながりを持っている。

胸元《むなもと》に三つの穴が開いた白いワンピースを着た黒髪の幼女だ。いつも通りの格好かと思いきや、様子が違うことに気がつく。

着物をローブのようにして羽織《はお》っているのだ。

幼くか細い肩にかけている白い着物にはサハラも見覚えがあった。この小さな怪物の眷属であるマノンが着ていたものだ。

「あなた、サハラよね」

なぜか、いまさら確認してきた。ひたひたと近づいてきた幼女が、つま先から頭のてっぺんまでサハラのことを観察する。

「そうね。いまのあたしだと、あなたくらいが、ちょうどいいのよね」

なにが?

相手の行動に疑念を抱きつつ、声には出さない。万魔殿《パンデモニウム》は気まぐれだ。あっさりとサハラを見逃すこともあるだろう。逆に、うっかりサハラを原罪魔導の生贄に捧げることもありえるため警戒を解くことはできない。

「な、なんの用かしら。マノンはどうしたの？」

迂闊な言動は取れないと、まずは曲がりなりにも万魔殿《パンデモニウム》を制御しているマノンの所在を尋ねる。マノンも大概ではあるが、この幼女よりかは話が通じる。

「……」

万魔殿《パンデモニウム》はサハラの質問に応《こた》えなかった。無言のままひどく冷たい視線をサハラに向ける。度重なる違和感に、サハラは内心で首を傾《かし》げていた。

十歳にも満たない幼子に見えようとも、万魔殿《パンデモニウム》は純粋概念を暴走させた果てにいる人災《ヒューマン・エラー》だ。誰になにを言われたところで人間的な反応を返すことはない。

だというのに、いまの彼女はひどく感情的な気がした。

そもそも、どうしてマノンの着ていた着物を羽織っているのだろうか。しかもマノン当人の姿が見えない。いままでと違う対面に、ぞわぞわ嫌な予感が重なっていく。

「ね、サハラ。あたしに協力してくれない？」

「……」

よくわからないが絶対に嫌だ。

強く思いつつも、拒否できるほどの勇気はない。サハラの肉体を構築したのは彼女だ。もっとも残酷な魔導系列ともいわれる原罪魔導の申し子たる万魔殿《パンデモニウム》に逆らうなど愚の骨頂である。なにより、どうして万魔殿《パンデモニウム》から協力の要請などしてくるのか。

やらせたいことがあるのならば、彼女は一方的にサハラに押し付ければいいのだ。それだけの力があり、他人の心情など気にも留めない残酷性を持ち合わせている。

いまのおねだりを受けても完全にロクなことにならない。直感など働かせるまでもないほど明確だった。

だが困ったことに、断っても幸せになれる未来は見えない。万魔殿《パンデモニウム》の提案を無下《むげ》にした瞬間に襲い掛かられても困る。原罪魔導の原点を敵に回したら、死ぬより悲惨な目に遭いそうだ。

つまりこの幼女に目をつけられた時点で、不幸は決まっていた。サハラは軽く絶望しつつも、小さく無言で頷《うなず》いた。

「じゃあ、約束しよ？　サハラがあたしに協力するって、指切りしましょう？」

左手の小指を立てて、差し出される。

よくある子供のままごとだ。つかみどころのない『万魔殿《パンデモニウム》』だが、こういったままごとを好んでいる節があった。言葉だけの約束ならいくらでもしてやろうと、しぶしぶサハラも生身の左手を差し出し小指を絡《から》めたところで、不意に違和感の理由を掴んだ。

彼女がサハラの名前を呼んだことが、果たしてあっただろうか。

「指切りげんまん、嘘ついたら針千本のーます」

童謡を歌う幼女の目が、鋭く細まった。

『導力：生贄供犠――混沌癒着・純粋概念【魔】――召喚【ゆーび切った】』

瞬く間の早業《はやわざ》で、とっさに指を離す間もなかった。

サハラと絡めていた幼女の小指が、切れた。ぷつんと音がして、ヤモリの尻尾《しっぽ》が自切するかのように抵抗なく切り離された幼女の小指だけがサハラに絡みついて残される。

サハラは愕然《がくぜん》として自分の小指を見る。

万魔殿《パンデモニウム》から切り離されてサハラの小指に絡みついた肉が見る間に黒い指輪となってはまる。小指に張り付くヤモリの意匠。ただの指輪でないことは、小指の皮膚をなぞる動きで嫌でも理解できる。

「あなたくらい臆病《おくびょう》で自分が一番かわいい人なら、こうすれば裏切らないでしょう？　いまのあたしだと、あなた程度がお似合いなのよね」

真《ま》っ青《さお》な顔になるサハラに、幼女はすまし顔で告げる。自切した彼女の小指が徐々に生えていく過程で、束《たば》ねていた髪がほどけた。いまの原罪魔導で生贄に捧げた分だけ短くなり、二つ結びにしていた髪ひもが落下したのだ。

狼狽《ろうばい》していたサハラは、気持ちを立て直す。

目の前の幼女を、じっと見つめる。決定的におかしい。万魔殿《パンデモニウム》の行動原理は、サハラにとってはもっと意味のわからないものだった。脅して言うことを聞かせるなどというわかりやすいことはしない。する意味もない。

「どういうこと？　あなたが、人間と取引なんてするわけがない」

なぜ彼女が、損得を前提にした行動をとったのか。

「あなたは、なに？」

疑念をにじませたサハラの瞳《ひとみ》に、幼女はことりと小首を傾ける。

「あたしがなにかって？」

にこりと笑った。その微笑《ほほえ》みに、サハラは確信する。

絶対的に、笑い方が違う。この幼女は万魔殿《パンデモニウム》ではない。人災《ヒューマン・エラー》未満の、もっとまともな人間だ。

「知りたいのなら、あなたにいまのあたしのことを教えてあげる。あなたはあたしに協力してくれる、やさしい人だもんね？」

黒いヤモリの指輪が、ちろりと舌を伸ばして指を舐《な》めつける。小指にはめられた生きた指輪の効果を確かめる勇気はなかった。

「弱い弱いあたしができる精いっぱいに、協力してもらうから」

聖地に潜むものと対抗するために。サハラは断れない取引に引きずりこまれていた。


聖地につながる地脈が、徐々に【力】を取り戻していた。

フーズヤードの宣言通り、一時間もしないうちに街並みをつくる白い教会が立ち並ぶことになるだろう。聖地の立て直しが順調に進む中、エルカミは立ち尽くしていた。

「どうして……あなた様が」

エルカミは自分の口から出ている声が震えていることを自覚していた。

目の前の人物が地上に出てくるなど、『万魔殿《パンデモニウム》』の小指の襲来と『竜害』の発生をさしおいて一番の異常事態だ。結界が消滅しようが、彼女が地上に出てくるとは想像だにしていなかった。

「どうしてもなにも、事前に伝えてあったでしょ。四大人災《ヒューマン・エラー》の封が解けるって」

「それは……」

確かに、その通りだ。一連の事件が起こる前に、教典で連絡を受けていた。

だが四大人災《ヒューマン・エラー》の封印が解かれるのと彼女が地上に出てくることが等式で結ばれると は考えていなかった。出てくるにしても、四大人災《ヒューマン・エラー》の封印が解けてからだと思ってい たのだ。

『主』の帰還。

それは目の前の人物が、この世界から元の世界――日本へと、帰ることを示していた。

「四大人災《ヒューマン・エラー》が解放される前に聖地が消える予定はなかったけどね」

「も、申し訳ありま――」

「いいよ、説明はいらない」

エルカミの謝罪を遮《さえぎ》って、彼女はゆったりと続ける。

「ただささ。君たちは、方向性こそ違うけどあの時代が作った人間としての最高傑作だ。特にエルカミ。君は人災《ヒューマン・エラー》を敵に回しても対抗できる【力】のスペックがある」

少女の口元に、うっすらとした冷笑が浮かんでいる。古代文明期を語る彼女の口ぶりは聖地の惨状に対する関心が感じられない。

「なのにこのざまなのは、ちょっと笑えるね」

「……ッ」

一方的なもの言いに、反骨心が浮かんだ。

大司教になって以来、面と向かって揶揄《やゆ》されたことなど久しくなかった。これだけ被害を被《こうむ》る事件のただ中にあって、目の前の人物はなにもしていない。ただ結界の奥にいただけの人物に責められるいわれなどないはずだった。

「あなたが最初から出ていれば、違ったのではないですか？」

「……ボクが？」

「そ、そうですともっ」

思わずといった様子でエルカミが口走る。口に出してしまったことを後悔したが、一度出た不満は止まらなかった。

エルカミに限らず、【使徒《エルダー》】は不死となっている。その中でもエルカミの生まれは、もっとも非人間的だ。なにせ母親の腹から生まれたわけではない。それよりも『竜害』の発生に近い。

魔導理論上、人間として理想的な【力】をつくってから、肉体と精神を与えた擬似生命体の究極化。試行錯誤が繰り返された実験の果てに、魂ができて純然たる生命として発生したのが彼女である。命ができるよりも前に最初に理想的な【力】があったため、導力を活性化すると肉体の状態も引き戻る。

「恩に着せていうけど、当時の君を助けたのは、ボクたちだよ？　ボクの役に立ちたいと申し出たのは、君のほうだ」

千年前のエルカミの立場は、実験用のモルモットに近かった。倫理観を研究欲で塗りつぶした実験で生まれた生命体がエルカミだ。そこから救ってくれた彼女たちに感謝をしたことは嘘ではない。

千年前の、当時は。

「この世界において、不足のない人間としてできたのが君たちだ。特に、エルカミ。君は【龍】の特性を模倣して造られたから、単純な強さでは他の三人を圧倒する。導力という点で完全な存在の実現を追求し理想値を常に叩き出す【力】は、君のちっぽけな肉体を超越するほどだ」

自分の特性を解説する相手を、エルカミは満身の力を目に込めてにらみつける。

彼女自身、当時の記憶はある。というよりも、彼女の主観では、千年前の少女時代から現代までの記憶が飛んでいる。

他の【使徒《エルダー》】にしても、エルカミと似たような実験で生まれた存在でしかない。

【使徒《エルダー》】というのは、本質的に、遺跡で稀に発掘される古代遺物と変わりない。古代遺物が千年前から起動し続ける導器の名称で、【使徒《エルダー》】は千年前から生き続けている人間だというだけの違いだ。

「君はボクのいる聖地を守るため、代々、第一身分《ファウスト》として活動している。君と【盟主】に至っては、長く生きるのがつらいって言うから定期的に記憶を消してあげることまでしてるじゃないか。【防人】や【星読み】を見習えとは言わないけど、なにが不満なの？」

「守る必要などあるのですか？　私がどれほどであっても、史上、あなたほどの【力】を得た存在はないではありませんか。私などが、あなたさまを守る必要などないではありませんか」

　エルカミですら、目の前の人物に比べればちっぽけな存在だ。人間としての魔導的理想値を常に叩き出せるエルカミであっても、人間を超越した彼女には及ばない。

　そんな彼女を守るくらいならば、他に手を伸ばしたほうがよっぽど有意義だ。

　エルカミは若いころ、目の前の人物を尊敬していた。心酔して信仰していたといってもいい。彼女こそが『主』を名乗るに相応しいと信じて疑っていなかった。

　だがエルカミがエルカミとして生きるなかで、彼女にも多くの出会いと別れがあった。十年も経てば命を救われた感謝も風化し、信仰に似た心酔は現実への対処に追われることで薄れていった。

　そうして見えてきたのは、『主』という存在の世界に対するズレだ。

　百年も満たぬうちに、エルカミは自分という存在に嫌気が差していた。発生からして他の人間とは異なる完全性は、人の群れにいることに常に違和感を抱かせた。

　なにより。

　こんな自分がいたせいで、見る影もなく禁忌に堕《お》ちた人間すらいるのだ。

「聖地という結界都市をつくり、三つの身分制度をつくり、『主』として陰で君臨している！　第一、【使徒《エルダー》】などというのは、あなたが完全になるための使途でしかなかったッ。私たちが不死だから、それがどうした！　あなたは、私たちの特性すら自分の能力として飲み込んでいる！」

エルカミはうんざりしていた。自分にも、他の【使徒《エルダー》】にも、目の前の『主』にも。『主』が他の人災《ヒューマン・エラー》を巻き添えにして、元の世界に帰還するというなら歓迎していた。この世界に二度と関《かか》わることをしないでくれと強く願い、完遂に力を貸していた。

『主』はこの世界で十分に好き勝手をしたはずだ。

だからこそ、彼女がいなくなってから新しい世界が始まるのだ。

目の前の人物の表情から、感情が剝離《はくり》していく。それに気がつかず、エルカミは言葉を叩きつける。

「ならばこそ、世界への責任感というものはないのですか⁉」

エルカミの大喝に、相手の瞳から感情の色が消え失せた。

「責任、か。あのさ、エルカミ。ボクがこの世界に対して責任を取らなきゃいけないっていうんなら、聞きたいことがあるんだけど――」

初めて、一つ目がエルカミを見る。

「――この世界は、『私』をこんなボクにしてしまったボクに、どんな責任をとってくれるんだよ」

次の瞬間、彼女の全身から怒濤《どとう》の勢いで【力】が膨れ上がった。

暴発は予想していた。千年前は勇者とも称された彼女の正義感は、残酷なまでの時間の流れで崩れかけている。エルカミはとっさに魔導を構成する。彼女の信じる教典魔導。導力という一点だけを見れば、エルカミは並みの異世界人に勝る。そこに長年かけて鍛え上げた魔導技術を兼ね備えた彼女は、あらゆる存在を加味したうえで、世界でも指折りの強者だ。

『導力：接続――教典・三章一節――発動【襲い来る敵対者は聞いた、鳴り響く鐘の音を】』

教会の鐘が形成される。高く築かれた鐘楼に吊るされた鐘が、美しくも雄大な【力】の音響を響かせるために動き始める。

エルカミが発動させた渾身《こんしん》の教会魔導を前に、ただ一言。

「うん」

『導力：接続――完全定着・純粋概念【白】――発動【白夜】』

太陽が、生まれた。

掌《てのひら》に乗るほど小さくとも、それは紛《まぎ》れもなく太陽であり、【白】が創りあげた一つの世界の出入り口でもあった。

白い日差《ひざ》しに照らされた魔導が、消え失せる。エルカミの魔導は白い光に駆逐されていく。発動した教典魔導だけではなく、術者でもあるエルカミすらも巻き込んで飲み込んでいく。

「待ッ――」

「あのね、エルカミ。君って、八十歳を過ぎると、だいたい同じことを言うんだよね」

振り返ることすらしない。

殺されたのではない。エルカミの姿が現世から消失した。白い太陽を中心にした小さな閉鎖世界は容赦なく閉じ込めたエルカミの記憶を削っていく。

「聞き飽きたよ。記憶は消しておくから、もう一度、人生をやり直してね。若い頃の君は、ボクの言うことを疑うことなく聞いてくれるから、そこそこ好きだよ」

記憶が削り切られれば、若い肉体に戻って解放される。いまのエルカミにとっては決死の反逆も、『主』となった彼女にとっては何度も繰り返した作業に近かった。

「やっぱり、エルカミは若い時のほうが働いてくれるよね……次の名前、なんにするんだろ」

竜害跡を見る。誰かが争っているようだが彼女の興味を引く要素はない。

視線を引き戻して、大聖堂のあった場所を見る。

そこには駅のホームがあった。かつては多くの場所をつなげていた魔導施設『龍門』だ。

「あと、もう少し」

瞳の虚《うつ》ろが色づく。

すり減り、なにもなくなった部分に広がる薄寒《うすら》い人生。そこに、ほんの少しだけ感情の色が乗る。

「千年かけた日本への送還魔導が、ようやく完成するんだ」

駅の線路の先に、輝く光の門がある。『龍門』が生み出した転移の門を抜ければ、真っ白に広がる大地があることを彼女は知っている。

他でもない、彼女が塩と変えた大陸だった場所なのだ。

求めるものを手に入れるために、彼女は転移門に腕を入れた。

短距離の空間転移で塩の大地の出入り口まで戻ったアカリは、真っ先に周辺の導力反応を精査した。

メノウから一時的に離れていた時、アカリは付け焼刃でモモと戦闘の訓練をしたことがある。そのときは主に対人で戦うための心構えを仕込まれただけで、アカリは戦闘の素人《しろうと》であるといって差し支えない。飛びぬけて強力な魔導を持ち、ちょっとだけ誰かと戦う心構えを持った少女というのが、少し前までのアカリだ。

だがいまのアカリはメノウの技能を手に入れている。アカリの主観でメノウの人生を体感したために多くの取りこぼしが発生しているが、それでもメノウが十年以上をかけて身に付けた知識を一瞬で得られたのだ。導力接続の反則具合がわかろうものである。

紋章魔導を発動させる要領で、導力を地面に浸透させて【力】に反応がないかを探る。念のため、スカートが濡《ぬ》れるのも構わずにしゃがみ込み、空間ごと切り裂く【断裂】を打ちこみ塩の地面を掘り返しもした。

　アカリができる限り、徹底的に調べ尽くしたからこそ断言できた。

「ないじゃん！」

　アカリの叫びは、誰もいない場所でよく響いた。

　転移門を吹き飛ばすような導榴弾《どうりゅうだん》など仕掛けられていない。導師《マスター》の言葉は、ただのハッタリだった。額にある導器を空撃ちして、堂々と偽ったのだ。

「あーッ、もう！　あの人ほんと、性格わっるいんだからぁ！」

　完全に時間を無駄にさせられたという苛立《いらだ》ちに地団太を踏む。

　実際に仕掛けるよりも性質《たち》が悪い。どっちにしても確認はしなければいけないし、ないと確信するまでに時間がかかる。というか、実際に仕掛けていたら存在を伝えることなく転移門を吹き飛ばしていた可能性のほうが高い。

　いまとなっては、アカリも『陽炎《フレア》』のことが幾分か理解できてしまう。

　時間を無駄にさせられた。けれどもメノウは無事だ。導力接続のつながりは薄くなっているが、まだしっかりと感じられる。

　すぐにメノウの元に戻ろうと立ち上がった時だった。

　転移門から、手が出てきた。

「え?」

不思議なことに、疑問の声を上げたアカリは、突如として手が出現した瞬間を目にしながらも、なぜか警戒心が湧《わ》かなかった。

転移の門がつながっている先は聖地だ。モモやサハラは『龍門』を抜けてこないようにメノウと事前に打ち合わせている。普通に考えれば、この手の人物は導師《マスター》『陽炎《フレア》』の援軍である第一身分《ファウスト》の可能性がもっとも高い。

アカリの立場からすれば、即座に【停止】の魔導でも撃つべきだった。

だというのに、どうしてだろうか。

そんなわけがないのに、現れた手を見て、こう思ってしまったのだ。

「……メノウちゃん？」

向こう側にいるのがメノウだと、確信してしまった。

バカげた思考だ。メノウはいま導師《マスター》『陽炎《フレア》』と戦っている真っ最中である。向こう側から現れるなど、仮定の俎上《そじょう》にも上がるはずがない。

まともに考えれば一笑に付されることがわかっている。わかっているのに、アカリの目にはメノウの手が伸びているとしか映らない。自分の思考回路と現実のギャップが、アカリを戸惑わせる。

「やめてよ」

転移の門を通り抜け、一人の少女が現れた。

長い黒髪の少女だ。長く伸びた黒髪に半分隠れた顔からのぞく彼女の瞳は、深い悲しみに満ちていた。

「灯里《あかり》ちゃんにだけは、そんな呼び方、されたくない」

アカリの名を呼んだ彼女は、セーラー服を着ていた。

見覚えのある服装に、あ然とする。

セーラー服というだけならば、ここまで驚かない。服装から察するに、日本から来た異世界人なのだろうと、同郷者への共感を覚えるくらいですんだはずだ。

問題は、そのセーラー服のデザインにあった。

アカリが転移した時に着ていたものと仕立ての布地から色合いのデザインまで、まったく同一。つまりこの少女は、アカリと同じ学校に通っていた生徒である可能性が高い。

そして、それ以上に。

「誰？　なんで西彫《にしぼり》高の制服を……っていうか」

アカリは精神的な衝撃に心を揺らしたまま、前髪に半分隠れた彼女の顔を見る。

「どうして、メノウちゃんと同じ顔をしてるの？」

「……」

今度の答えはなかった。ただ相手の悲しみの色が深くなった。

変装？　幻覚？　答えの候補を上げても、自分と同じ制服を着ている人物が、メノウと同じ顔をしている理由にはたどり着けない。

混乱するアカリを前に、彼女は無言のまま手を突き出す。

アカリがメノウのものだと勘違いした腕が、真白の導力光を帯びた。

『導力：接続――完全定着・純粋概念【白】――発動【白霧】』

直後、アカリの視界が薄い霧でおおわれた。

展開された魔導を見て、アカリは我に返る。

相手の魔導行使は、明らかにアカリが純粋概念を扱うよりも速かった。手慣れている、などというレベルではない。呼吸などするまでもなく、思考と現実がリンクしているかのようによどみなく魔導が発動している。

疑問は後回しだ。導師《マスター》『陽炎《フレア》』の罠《わな》がなかったことを確認したのだ。いまは急いでメノウの元に戻らなければならない。

相手の正体を考えるのは後でいい。目つきを鋭くして、自分を取り囲む魔導の効果を探る。

紋章や導器なしで行使されたことからして、純粋概念による魔導で間違いない。

目くらましにしては霧の濃度が薄い。ぼんやりとだが周囲を見渡すことができた。霧のただ中にいても体に異常はない。魔導の効果はわからずとも攻撃をされたと判断して、指鉄砲を相手に向ける。

『導力：接続――不正定着・純粋概念【時】――発動【停止】』

アカリの指先に宿っていた導力光が、魔導現象を起こすことなく消えた。

アカリの失敗ではない。霧が【時】の魔導を抑《おさ》え込《こ》んだのだ。

対応を間違った。純粋概念の魔導は、お互いが効果を食い合って対消滅する。聖地の大聖堂にいた時と同じ現象だ。まさかそんな効果があったとはと、アカリは臍《ほぞ》を噛《か》む。

まだ霧は残っていた。とっさに霧の範囲から抜け出そうとして、つんのめる。アカリを取り囲む霧の一部が足に集中してまとわりついていた。

「くっ」

痛みはない。拘束されているという自覚すら持てないほどやわらかい感触だ。優しさすら感じかねない手触りで絡みついた霧は、鉛よりも重くアカリの足を引っ張る。引きはがす術《すべ》も思い浮かばないまま、アカリは前のめりになって水面に叩きつけられた。

「あいたッ」

悲鳴を上げて、塩の地面に倒れこむ。じゃり、と口の中で音を立てたのは砂ではなく、塩だ。雨水に塩が溶けているのか、口に入った水が塩辛い。

しょっぱさに顔をしかめながら何度か魔導を発動させようとするも、そのたびに周囲の霧が純粋概念の発動を抑え込む。

ならばと、対応を切り替える。

アカリの全身が導力の燐光《りんこう》を帯びる。

身体能力を上げる導力強化は阻害されなかった。周りを囲む霧は純粋概念にのみ反応しているようだ。おそらく普通の魔導ならば発動できるのだろうが、あいにく身一つで純粋概念を使えるアカリは導器の持ち合わせがない。

純粋概念の発動は諦めて、強化した身体能力に任せて無理やり上半身を持ち上げる。

水に濡れた服が肌に張りつく気持ち悪さもなんのその、なんとか体を持ち上げたアカリは、相手をにらみつけるために顔を前に向ける。

悪寒《おかん》が全身を貫いた。

見なければよかった。とっさに後悔が背筋を駆け抜ける。一歩も動くことなくアカリを封殺した相手が、じいっとアカリを覗き込んでいる。

その、瞳。

日本人によくある、黒い瞳だ。だが、なんと表現すればいいのか。あまたのものを飲み込んだ果てにたどり着いた真っ暗な闇でありながら、なに一つ見当たらないまっさらな平地に見えて、見つめているうちに吸い込まれて真っ逆さまに墜落してしまいそうな奈落がある。顔の半分が髪で隠れた彼女は、一つ目の亡霊に思えた。

なにを体験すれば、生きた人間の瞳がここまでになるのだろうか。

相手の手が伸びて、のぞいてしまった深淵《しんえん》におびえるアカリの額に指が触れた。

この段になっても、アカリは彼女に敵意も警戒も抱けなかった。

額に触れた指先の温度を感じて、こう思ってしまう。

あ、メノウちゃんの手だ、と。

『導力：接続――』

反射的に安堵《あんど》すら覚えた次の瞬間。

『時任・灯里――』

相手の【力】が、アカリの内部に流入した。

「がぃッ⁉」

喉から悲鳴が上がった。びくん、と背筋がのけぞる。電撃を流されたかのように全身が痙攣《けいれん》する。導力接続。けれども、いままでアカリが経験してきたものとは、まるで違う。

メノウとの相互接続には、温かさがあった。誰かと一体になるという快感と、すれ合うようなくすぐったい心地よさ。なによりメノウの心の流入には、喜びしかなかった。

これは、違う。

極太の針で突き刺されたほうがましだと断じられる侵入。血管の内部に氷でできた棘《とげ》がねじ込まれて全身に広がっていくかのような異物感。肉体的な痛みと精神的なおぞましさが同時に襲い掛かって、体内に増殖していく。

こんなものに全身を中から蹂躙されたら、おかしくなる。

「いい、ん、んん！」

意味のないうめき声を漏らしながら、全力で抗《あらが》った。魂から【力】を汲《く》み出《だ》す。魔導は使えない。周囲を取り囲む霧が抑え込んでしまう。ならばこそ、純粋な【力】の出力で押し出す。アカリは自らの魂から導力を引き出し、浸食する【力】に対抗する。

無駄だった。

アカリの抵抗をやすやすと食い破って、相手の【力】が全身に食い込んでいく。アカリが自分の理性を砕いてダムを決壊させる勢いで導力を放出しても、まるで痛痒《つうよう》を受けた様子がない。比べようもないほどにアカリの【力】を上回っている。

痛い。冷たい。ひどい。蹂躙されながら、とうとう凍《こお》れる棘がアカリの肉体を突破して精神に触れた。

『導力：接続――』

力ずくで侵入した導力を経路にして、魔導の構築がなされた。

アカリは自分の内部で構成された魔導の気配に瞠目する。

繰り返す時の中で、いままさに組み立てられている魔導と同質のものを何度も目にしている。

これは、古都ガルムの儀式場で何度も見た、アレだ。

アカリは相手の魔導を悟る。理解してしまう。物質として顕現はしていない。だが間違いない。

人を白く染める、鬼畜の魔導。

アカリの精神に一滴の白濁液がたらされようとしている。

怖気が振るった。絶対に侵されてはいけない魔導に対抗するために、アカリは痛みに耐えることすら放棄して純粋概念の魔導を組み立てた。

『導力：接続――不正定着・純粋概念【時】――』

『完全定着・純粋概念【白】――』

一秒にも満たない一瞬で、二つの純粋概念の魔導がぶつかり合う。

『発動【漂白】』

『発動【停止】』

停《と》まれ！　全霊で魔導を構築した。自分の精神に向けて、【停止】を打ち放った。アカリの精神内での攻防のため、霧は反応しなかった。

この魔導に侵されるのだけは、許し難《がた》かった。魔導発動が成功したからか、導力の侵入がなくなり痛みが消えた。痛みなんて、どうでもよかった。【停止】と【漂白】の効果が食い合いを始める。結果はわかりきっていた。認めたくない。絶対に認めたくない。

それなのに。

アカリ渾身《こんしん》の魔導は、わずかに【漂白】の速度を緩めただけに終わった。

アカリの精神に、一滴。

白濁する液体が、かかった。

アカリが絶叫を上げた。喉をのけぞらせて、あらん限りの拒否を叫んだ。相手の魔導は、アカリの感情に一切《いっさい》の斟酌《しんしゃく》をせず効果を発揮した。

消えてしまう。この世界で出会ったすべての記憶が。永遠だと信じていたかけがえのない絆《きずな》が。ようやくつながった、メノウとの思いが。いまある絶望すらも。

ただ、白く。

真っ白に。

少しずつ、アカリを漂白していく。

「う、あ、あああ」

アカリが頭を抱えて、縮こまる。そうすれば記憶の白濁から逃れられるかのように、小さくなる。無意味と知って、それでも本能が防護の姿勢をとる。

「おやすみ……灯里ちゃん」

アカリの意識が、白く染まっていく中。相手がそっとアカリの髪から白いカチューシャを取り上げる。

「次に起きた時には――一緒に、帰れているよ」

最後に、メノウの顔をした少女の呟《つぶや》きが、なぜか胸を締め付けた。

メノウとアカリが導力接続をして立ち向かってきた場合、自分の勝機が皆無に等しいことを導師《マスター》『陽炎《フレア》』は自覚していた。

　自分の弟子のことである。どれだけの練度で魔導を扱えて、どのような覚悟で挑んでくるのか、予測の域を大きく超えることはなかった。

『陽炎《フレア》』が予測したメノウの戦闘力は、彼女を圧倒するスペックになる。

　アカリと導力接続をした以上、いまのメノウにはいままで出会ったどの敵でも圧倒できる【力】がある。マトモにやれば勝てないとわかりきっている相手と正面から戦うなど、バカらしいにもほどがある。

　なにより最大のハンデとして、『陽炎《フレア》』はいま、メ、ノ、ウを殺してはいけないという制限を背負っていた。

　あくまでメノウをここに釘付けにすることが最優先だ。転移の門の下に仕掛けたとハッタリを効かせた導器の有無も、そろそろアカリが確認し終えるはずだ。確認して戻ってきたアカリと合流すれば、『陽炎《フレア》』の勝機はさらに薄くなる。

　明らかな窮地にあって、彼女は自分が負けないことを確信していた。

　遠く離れた大地での戦いを把握している人物がいることを、『陽炎《フレア》』は知っているからだ。

第一身分《ファウスト》の神官が持つ教典は通信魔導を発動させることができる。導力を使った通信機能を持つ導器はすべて、記憶図書館である『星の記憶』の蒐集《しゅうしゅう》機能に囚われる。

　周辺に誰もいない塩の大地での戦いすら、『星の記憶』の管理権限を持てば見通すことができる。聖地でメノウとアカリが導力接続をした瞬間も目撃していたはずだ。

ならば、すでに動き出している。条件起動式の魔導は、ハッタリのためだけに使ったわけではない。メノウとアカリを分断したタイミングを知らせるために発動させたわかりやすい合図でもある。

あとは事態が転換するまでの時間を稼げばいい。

粘り強く戦闘を引き延ばしていた『陽炎《フレア》』の確信は、見事に的中した。

『陽炎《フレア》』を追い詰めつつあったメノウの集中が、なんの前触れもなく途切れた。

足を止め、胸を押さえる。端正な顔立ちが苦悶《くもん》にゆがんだ直後だ。

魂の蛇口が、壊れた。

そうだとしか形容しようがないほどの勢いで、突如としてメノウの全身から導力光が噴出した。

「――――⁉」

声にもならない悲鳴が上がる。突然メノウの内から噴き出した導力の総量は、地脈と直接つながった時ですら【力】を制御せしめた彼女の導力操作技術の上限をあっさりと超える。それどころか、天井知らずに総量が増えていく。

あまりの衝撃にメノウが膝《ひざ》を屈した。

混乱、困惑、焦り。『陽炎《フレア》』の目から見ても読み取るのが難しいほど、目まぐるしい感情が色素の薄い瞳を駆け抜ける。突然の出来事に襲われながらも、『陽炎《フレア》』の弟子は自分の感情を制御においてて答えにたどり着く。

「アカ、リ……⁉」

「――くはっ」

間に合った。

『陽炎《フレア》』の口元がふてぶてしい笑みに彩《いろど》られる。言葉にできない衝撃に動きを止めたメノウを見て、自分の目論見《もくろみ》が達成されたことを確信した。

膝をついたメノウから、慎重に距離をとる。

メノウの全身から【力】の奔流が吹き荒れる。魔導現象になる前の、原始的な【力】の放出だ。導力の燐光が物質的な圧力を持ってのたうち回っている。メノウの全身から間欠泉のように噴き上がる無秩序な導力が、辺り一帯の水を吹き飛ばす。空を鏡写しにしていた光景が消え、地面を構成する真っ白な塩がむき出しになっても止まらない。むしろ【力】の放出は大きくなって塩の大地を揺るがし、塩でできた脆《もろ》い地面に亀裂を走らせる。

まるで小規模な『竜害』にも似た導力の暴走だ。メノウは必死になって押さえつけようとしているが制御には至っていない。巨大な上に不規則な力の放出。個人で制御できるものではないのだ。

――ここからだ。

あとは、最後の一刺しだけだ。

こうなることは織り込み済みの『陽炎《フレア》』は舌で唇を湿らせる。

総仕上げを間違えさえしなければ、長年の頼まれごとを達成できる。

望み通りの展開に、導師《マスター》『陽炎《フレア》』は会心の笑みを浮かべた。


なにが、起こった。

肉体の内で暴れる導力を必死に押さえつけながら、メノウは歯を食いしばる。暴走する【力】の制御はできていない。できていないが、制御する努力すら放棄したら、すぐさま肉体が木っ端みじんになってしまいそうだ。

地脈の流れを肉体に通すよりも負担がかかっている。暴れくるう導力は、メノウのものではない。メノウにこんな暴走を発生させる導力量がないことは、自分自身がよく知っている。

アカリだ。

導力の相互接続によってつながった、魂の経路。離れても途絶えることのないメノウとアカリの絆から【力】が乱打して送りこまれている。これは意識してメノウに導力を供給しているのではない。アカリが完全に制御を放棄するほどの【力】を酷使している余波だ。

アカリから送られてきている異常なまでの導力ですら、前触れでしかなかった。

一拍、ドクンと音を立ててひときわ大きく【力】が脈動した。

突然、導力の流入は収まった。いや、導力の流入自体は続いている。不規則性がなくなり、高い出力で安定したままメノウへと流れてきている。

そして、導力以外のものも。

メノウの精神が粟立《あわだ》った。

圧倒的な存在がアカリと導力接続している経路をたどって、メノウの魂にまで浸食しようとしている。害する意思はなくとも、そこにあるだけで人の意思などあっさり飲み込む壮大な【力】。なにか、などというのは言葉面での誤魔化《ごまか》しだ。メノウは、浸食してこようとする【力】の正体を知っていた。

純粋概念。

星より抽出して顕現した概念。異世界人が魂に抱える力の源。アカリとの導力接続で、二度だけ【力】のありように触れたことのある存在に間違いなかった。

メノウが青ざめた。思わず、導師《マスター》の顔を見る。

戦う前に、導師《マスター》はアカリを人災《ヒューマン・エラー》化させると宣言していた。それで自分の仕事は終わりだと。

事実、導師《マスター》『陽炎《フレア》』は絶好の機会を前にして、メノウを仕留めようとはしない。メノウはそれどころではないほど動揺していた。

まさか。ありえない。どうして、このタイミングで。唐突すぎる。

いくつもの否定がメノウの頭をいっぱいにする。アカリは、メノウとの導力接続で記憶を補完したばかりだ。メノウと共有した記憶が一気になくならない限り、暴走を始めるはずがない。そのための導力接続だった。

だが、起こってはならないはずの事態が、引き起こされている。

「ッ！」

優位の戦況を放棄して、敵に背を向ける。普通に考えてあり得ない行動だ。メノウがなりふり構わず導師《マスター》との戦闘を放棄しようとするほどの緊急事態が起こっている。

『導力：接続——短剣・紋章——発動【導枝】』

メノウの眼前に、導力の巨木が立ちふさがった。

攻撃ですらない。進路をふさぐだけが目的だ。

カッと頭に血が上った。

「邪魔ぁ！」

咆《ほ》えたメノウの全身が導力光の燐光を帯びる。導力強化。後輩であるモモばりの強引さで、立ちふさがった導力の枝を破壊する。幸か不幸か、アカリからの導力供給は続いている。メノウは無理やり突破しようと導力強化の出力を一気に上げる。

だがすぐさま新しい導力の枝が現れる。メノウは殴りつけ、蹴り砕き、前へと進もうとする。普段は決して外れない冷静な部分が飛んでいる。次から次へと立ちふさがる導力の枝にメノウの顔が焦燥に彩られる。あからさまにアカリの元に行かせまいという時間稼ぎなのに、決して無視できない。

いまだ優位はメノウにある。導師《マスター》の個人戦力は明確に劣っている。

だが心理的な優劣は比べものにならない。

導師《マスター》を振り切れないでいるうちに、時間を稼ぐ攻防すらもなくなった。

「見ろ」

導師《マスター》が余裕たっぷりに、メノウの背後を指さす。

「【時】が来たぞ」

向こうから近づいてくる人影に、メノウが汚泥を飲みほしたような表情になる。

アカリがいる。だが彼女は、本当にアカリなのだろうか。現れたアカリを見て、メノウは立ち尽くしてしまった。

導師《マスター》はメノウに攻撃を加えなかった。それどころか、短剣を納めた。隙だらけのメノウが目の前にいるというのに、だ。

こちらに歩いてくるアカリに、外見上の変化はない。水の広がる大地で転びでもしたのか、ブラウスとスカートが濡れて体に張り付いているだけで外傷は見当たらない。

けれども安堵することなどできなかった。

すさまじい違和感が目に付く。

メノウの意識が彼女の姿に吸い付いて離せない。アカリが近づいてくる。メノウは視線を逸《そ》らせない。なぜこんなにも違和感を覚えるのか。食い入るように見つめてしまう。アカリの足元だ。波紋が立っていない。メノウの目元が動揺で震える。足元だけではない。空気すらも凍り付いている。通り過ぎる空間そのものが凍結されている。

時間停止。

向かってくるのは、あるだけで世界に干渉する概念。

あれこそが、世界でも最大の禁忌。

「アカリ……」

メノウが一縷《いちる》の望みをかけて彼女の名前を呼んだ。あまりにも弱々しく、なにかをつかみ取るには儚《はかな》すぎる無力な声色だった。

この距離になっても、アカリの感情がメノウに感応しない。導力接続での魂の経路は保っている。距離に応じて、共感作用は増すはずだ。

アカリの精神には、なにもなかった。

なにも。二人の出会いも。旅の記憶も。ほんの少し前に交わした約束も。

なに一つ、ない。

忘れられている。

一度はつながった絆のすべてが失われたショックがメノウを打ち据える。それは、時間を繰り返すたびにアカリが感じていた悲哀に近い。親しい人間から自分の記憶が消え去っている。手と手をつないだ友愛の温かさが消えている。精神が奈落《ならく》の底に突き落とされたかのような、浮遊感。実際は落下などしていないのに、ひゅっと内臓が浮いたままになる気持ち悪さ。

「ぁ」

言葉も、出ない。

アカリの足が、ぴたりと止まった。だがメノウの声に反応したわけではない。アカリの姿をしたソレの意識は、すでにメノウを見ていない。

彼女が足を止めた理由は一つ。

そこが、繰り返す時間回帰の始まりとなった場所だったからだ。

アカリの姿をしたものが、ゆっくりと天を仰《あお》ぐ。彼女に全身から、世界の底が抜けたかと見紛《まが》うほどの途方もない導力が放たれる。

『導力：接続――』

人知を絶した量。大火山の噴火のような勢いながらも、精緻《せいち》なムーブメントを連想させるほど秩序だっている。

天を衝《つ》く導力光が数えきれない歯車を組み合わせ、巨大な時計の針を形成する。

『完全定着・純粋概念【時】――』

彼女はすでに、時任灯里《ときとう》ではない。

日本で生まれ育った記憶はもとより、この世界で旅をしたメノウとの記憶すら消し去ることで発生した、アカリだった少女の成れの果て。星より生まれた意思、純粋なる【力】にすべてを浸された魔導現象の先にある概念。

『発動【世界停止】』

まだ名づけられていない【時】の人災《ヒューマン・エラー》が、全世界に向けて暴威を振るった。

三章
最後の一刺しを

大陸の西端近くにある聖地から遠く、東方にあるグリザリカ王国。

王都を象徴する建物である王城の離れの塔に、一人の女性が住んでいる。

線の細い、不健康さで成長しそこねたかのような小さな女性だ。くすんだ金髪を広げて寝台に寝そべる彼女は、王家直系の長子でありながらも身体の弱さゆえに表立った活動実績はなかった。末娘ながら、よくも悪くも目立っているアーシュナとは真逆の生き方をしている静かな姫だ。

全身を震わせて、咳《せき》をする。ぽっきり体が折れてしまうのではないかと心配になるほど弱々しい姿だ。

「この体も、いい加減、限界じゃのう」

誰《だれ》に聞かせるともなく呟《つぶや》いた彼女は、枕《まくら》もとに置いたこぶし大の水晶玉に手を伸ばした。

ただの水晶ではない。古代遺物と称される、純粋概念を活用して隆盛を誇った時代につくられた導器だ。現在より遥《はる》かに発展していた千年前の文明期に製作された導器は貴重だ。現代では再現不能な機能を有していることが多いため、起動が可能なものは特に高値で売買される。

いま彼女が持っている水晶玉には、魂に宿る純粋概念の性質を精査する機能があった。

オーウェルの死後、第一身分《ファウスト》が率いる異端審問官の調査によりグリザリカ王家保有のものが多数押収された。召喚陣に使用した素材や人員はともかく、こればかりは惜しかったので彼女の手《て》ずから確保した。

各地で発掘される古代遺物が、千年という年月を経ても故障することもなく起動するのには理由がある。

古代文明の後期の魔導技術は物質を不滅とする魔導構成を見出し、導力機関を永久機関に等しいものへと発展させていた。この水晶も、その技術の恩恵に預かっている。

異世界人召喚という禁忌を犯した咎《とが》によって、先代のグリザリカ王は処刑された。先代グリザリカ王は、首を落とされる寸前まで己《おのれ》の死を信じることができなかっただろう。あの時の異世界人召喚は、グリザリカ王国の大司教であったオーウェルの協力はもとより、ここにいる彼女の許可も得て行われていたのだから。

だが、先王はひとつの勘違いをしていた。

ここにいる彼女はグリザリカ王家に巣食うものだ。王家の守護者ではない。寝台に寝そべる女性が自らの血縁のことを消耗品としか見ていないことを先王が知ることは、最期《さいご》までなかった。

すでにグリザリカ王国での王位継承争いは終了している。もっとも目立っていた末娘であるアーシュナが不在ということもあり、順当に長男が継ぐことになった。骨肉の争いが繰り広げられる中、彼女は寝台のなかで静かに寝そべっていただけだ。

なにもしない王族。ただ生きているだけのお飾り。一切の職務も担わない眠り姫。

彼女を知る多くの者は、彼女のことを無害な存在だと信じて疑っていない。

だが知る者は知っている。

ここにいる彼女こそが代々グリザリカ王国を牛耳る存在、【防人】である。

「異世界人の、憐れで罪深いことよのう」

痩せこけながらもまだ若い女性は、老成した口調で水晶玉を手元で遊ばせる。

この導器で調べた概念は、直近では二つ。

【無】と【時】。

異世界からの来訪者『迷い人』については、第一身分《ファウスト》が過剰なほど厳しく取り締まっている。

実際、片割れの純粋概念【無】はすぐに処分された。だが実のところ本当に危険な、それこそ世界が滅びるほど強大な純粋概念というのは稀《まれ》である。

世界的なレベルで対処不能という事態に至った人災《ヒューマン・エラー》は四例しかない。

白濁液に浸された北の【星】は骸《むくろ》となって久しく、いまとなっては無害に巡っている。霧によって南の大洋に閉じ込められた【魔】、世界に蔓延《はびこ》る『万魔殿《パンデモニウム》』ならば群れで人類を滅ぼすことができる。かつて『塩の剣』で討伐《とうばつ》された【龍】の巨軀《きょく》ならば、この星を物理的に砕くこともできただろう。無限に等しい時間さえあれば、東部未開拓領域『絡繰《からく》り世《よ》』にいる【器】ほど恐ろしいものもない。

純粋概念が人災《ヒューマン・エラー》になる時、その【力】は大きく膨れ上がる。なによりも概念の性質が世界にどう関わっているのが肝要だ。

世界に干渉できる純粋概念。

【時】。

「……ふむ」

彼女はおもむろに、毛布をのけて立ち上がった。

外が静かすぎる。

彼女がいる塔は閑静な場所を選んでいるが、耳に痛いほどの無音となれば話は別だ。ゆっくりとした足取りで窓辺まで向かい、力なく窓枠に寄りかかって外を見る。

世界が停止していた。

飛ぶ鳥も舞い散る木の葉も王城に勤める人間も、すべてがぴたりと止まって動かない。

概念的な時間の停止。導力によって起こる魔導現象に、物理的な摂理を当てはめることなどナンセンスだ。

「五例目が、生まれるか」

聖地にはエクスペリオンを向かわせた。【魔法使い】のいる聖地がどうなろうと、彼女の主人である『主』がなにをしようと、アーシュナの回収が間に合っていればかまわない。

千年前、純粋概念を活用して隆盛した古代文明期に試みられた不死実験を生き残ることができたのは、四体。

幼くか弱き純粋概念【魔】の原罪概念を移植して肉体的な不死身を達成した【盟主】。力強く巨大な純粋概念【龍】のありように着目して導力構成の理想値に血肉をつけることで発生した生命体である【魔法使い】。輪廻すら耐えきる純粋概念【星】と同様に摩耗することなき魂にて転生を繰り返す【星読み】。

そしてグリザリカ王国にいる【防人】たる彼女は、増殖を繰り返す純粋概念【器】を利用して精神という点で不死を目指して作られた完成品だ。自分の血縁に限られるものの、肉体が死した後には精神を移し替えることができる。

いまの肉体に乗り移ったのは失敗だった。全盛期のこの体は素晴らしく健康的で愛らしくあったのだが、いまやこのざまである。

窓辺から寝台に戻る。それだけで力を使い果たしてしまう。

「アーシュナは大事でいとおしい、次の妾《わらわ》だからのう」

彼女の操り人形であるエクスペリオンがいるのだ。アーシュナの心配は不要である。

気がかりがあるとすれば、むしろここから東。

精神を移し替えて千年の時を生きる彼女をも蝕《むしば》みかねない別次元の摂理を広げる、忌々《いまいま》しい人災《ヒューマン・エラー》だ。

　東の白夜と、南の白霧。

　四大人災《ヒューマン・エラー》を閉じ込めている二つの結界は、全盛期の【白】の純粋概念を持つ異世界人が行使した魔導だ。

　世界回帰によって、完全に近かった二つの結界には瑕疵《かし》ができつつあった。そこに【世界停止】の重みが加われば、千年続いた結界は砕け散る。

　グリザリカ王国に巣食う【使徒《エルダー》】は、未来を占うように水晶玉を掲げた。

「星の終焉まで引きこもっておればいいものを……やれ、忌々しいのう」

　同族嫌悪を抱えて、千年生きる彼女は吐き捨てた。


　東部未開拓領域『絡繰り世』。

　白夜に包まれたつくり物の世界は、【時】の人災《ヒューマン・エラー》による停止から逃れて営みのルーチンを回し続けていた。

　世界すべてを停止させる【時】に干渉されない領域の中心で、怨嗟《えんさ》がこぼれた。

「……忌々しい」

　ソレは、世界が停止しても増え続けていた。

　心が、感情が、人格が、精神が、魂が、秒を刻むまでもなく増えていく。常に吐き出し続けていかなければ自分を見失う。いや。もしかしたら、とっくの昔に失っているのかもしれない。自分が自分だと思っているのは、果たして自分なのか。本当の自分なんてものは、すでに増殖して切り離したどこかで独立しているのかもしれない。わからない。わからない。それは自分が彼女なのか彼なのか、単体なのか群体なのか、自分なのか他人なのかすらわからない。

それほどに、増え続けていた。

ここにいるのは、千年前よりさらに遡《さかのぼ》って行われた実験の失敗作だ。

記憶の大図書館『星の記憶』が生まれる前に試みられた実験。純粋概念行使による記憶の消費に対抗するための改造だった。

人は記憶を失えば人格を喪失する。純粋概念の行使で人格の消失と同時に人災《ヒューマン・エラー》と化すのならば、人格を増やせばいいと考えた。

だがソレが受けたのは、成功しなかった実験だ。

人格が増殖すれば、人の心は押《お》し潰《つぶ》される。秒速で増殖し続ける人格に元来あった精神は圧迫され、当初の試みとは裏腹に【器】の制御は利《き》かなくなった。

人間だった頃のソレは必死に己を保とうとした。増加と同時に人格を切り離すことにより、分離した部分が人災《ヒューマン・エラー》となって生まれ続けることになった。運がよかったのは、切り離されて増殖を続ける人格の一つ一つが、人災《ヒューマン・エラー》としてはあまりにも規模が小さかったことだ。

生まれ続ける、三つの原色。

鉱石の性質に近い結晶は、増え続けたソレの魂であり、精神であり、肉体であった。

赤、緑、青。三原色の結晶がぼろぼろと体から剥《は》がれ落ちる。心の色だ。存在するそれらすべてが、人　災《ヒューマン・エラー》としての在り方を内包している【器】だ。

一個一個は、一人の人間にも満たない。一人だった欠片《かけら》だ。破壊的な力はなく、概念的な歪《ゆが》みを生み出していくわけでもなかった。【器】の純粋概念はソレの増殖に伴って世界の許容量を増やしていく。一つの【器】の人　災《ヒューマン・エラー》が生まれるたびに、世界がほんの少しだけ大きくなっていく。

小さくとも多すぎる切り捨てたものが、結合して人格を結晶化させるまでは。

切り離した余剰にすぎないのに、元となったソレよりもよほど情緒豊かに振る舞う知的生命体たち。

三原色の魔導兵。

この世界で唯一の、人間以外の知的生命体。人間をベースとして生まれる原罪魔導の悪魔とは異なり、人類を元としない、まったく別の知性体だ。

彼らは『絡繰り世』から出ることもなく、ソレを採掘して世界を作り上げている。本体がいる場所を中心として、十三の区域に分けている。さらに言えば、次の段階へと移行する計画すら立てていた。なぜならばここに住まう三原色の知性体は、こんな星など切り捨てることに迷いはないからだ。

自分が生み出したものが、自分の心象風景以外の世界を構築している。

時間の停止すら、ソレの増殖をとどめることなど叶わない。無限に増え続け、無制限にとり憑《つ》いていく存在だからこそ、『絡繰り世』と呼ばれている。

「ああ、忌々しい……」

世界とソレの増殖を隔てるのは、白夜だけだ。

全盛期の白が創った人造の太陽。横転を続ける白輪が、とうとう時間の重みに耐えかねて転がり落ちようとしていた。

世界に満ちる。明けない夜が開かれれば、外の世界に増えすぎたソレの重みが圧《お》し掛かる。千年で増え続けた重量が突如加われば、地軸をずらし星の自転と公転すらもゆがませかねない衝撃が発生する。

それほどに、ソレは増え続けている。

だが『絡繰り世』に、星を害する意図はない。

なにもかもが煩《わずら》わしい。増えるしかできない。減ることなどない。排出を続けても、とても追いつかない。ビックバンより続く宇宙の膨張のように、ソレは拡大を続ける。

「ああ――忌々しい」

自分が一つになるまで増え続ける存在は、自己が抱える矛盾への嫌悪を吐き捨てた。

世界への隔意はあっても害意はない。世界に積極的な害があるとすれば、ここより南。

霧の中を揺蕩《たゆた》う怪物に他ならない。


「あはっ！」

幼く無垢《むく》な笑い声が上がった。

この世界で唯一ある大陸の最南端、リベールの沖合から遥か南方の外洋まで広がり続ける霧の中。人の悪意よりもおぞましい幼気《いたいけ》な声が躍る。

くすくすと肩を震わせる幼女の周りで、霧が軋《きし》む。世界の停止に対してすら抗《あらが》おうとする。同等の概念同士がぶつかり、拮抗《きっこう》する。停止した世界にあって、霧は静かに渦巻き、まとわりつく。

世界が回帰しても、中にいる存在に影響を及《およ》ぼさないほどに強固だった霧の結界が揺らいでいるのだ。

この結界にはすでに亀裂が入っている。広がり続け、とうとう空の青さすら見えてきた景色に『万魔殿《パンデモニウム》』は胸を躍らせる。

まずは停止した世界を蹂躪《じゅうりん》しよう。

停《と》まった世界で怪物たちが暴《あば》れる様もまた、B級映画らしくてとてもいい。世界が止まるほどの魔導であろうが、純粋概念【魔】より生み出されて千年の蠱毒《こどく》を勝ち抜いた魔物たちならば抗える。万魔殿《パンデモニウム》の封印に特化した【白】の結界に比べれば、世界規模で広がる【時】のほうが動きやすい。

村で、町で、都市で、大小関わらず止まった中で怪物だけが蠢《うごめ》く世界。きっと時間が停止した世界の中でもどうしてか動ける人間が何人かいて、その選ばれた英雄たちが暴れる怪物たちと必死に戦うのだ。

なんてチープな英雄譚《えいゆうたん》だろうか。実現するまでの時間がもどかしくてたまらない。

「もう少し、あとちょっとよ！　頑張り【時】だわ！」

万魔の解き放たれる時を待ちわびて、彼女はくるくるとステップを踏みながら、新たに生まれた人災《ヒューマン・エラー》に声援を送った。


トキトウ・アカリだった人災《ヒューマン・エラー》は、止まった世界に立っていた。

【時】と化した彼女の思考は、時間の正常化にこそある。

時計の針を合わせなければならない。何度も繰り返されたせいで、世界は本来あるべき時間とズレすぎている。概念と化した彼女と時間を合わせなければならない。

時間に抗い、世界の針をくるわせるものたち。

彼らはことごとく、摂理に反した存在だ。

時は誰にも平等でなくてはならない。何人も逃れることなど許されない。だから、この世界でも動く存在があれば、【停止】させる。

例えば、時間の調律に囚われる【時】の人　災《ヒューマン・エラー》の正面。

止まった世界で、音がした。


すべてが静止していた。

風音一つ立たない。塵《ちり》一つ動くことはない。生体も物体も、固体も液体も気体も、概念的な魔導にさらされ時間の牢獄に閉じ込められていた。

世界が停止している。

先ほどまで戦っていた導師《マスター》ですら例外ではない。

人　災《ヒューマン・エラー》の暴威によって停止した世界の中で、メノウは意識を保っていた。顔を動かそうとして、肉体が固定されていることを悟る。瞬き一つできない。その割には、体内の生命活動は問題なく行われている。

世界を停止させるほどの【時】の魔導行使の中で、どうして自分の意識があるのか。

理由は一つしかない。いまもメノウとアカリをつなげている導力接続の影響だ。

一度、魂レベルで同化してできた魔導的な経路から【時】の純粋概念が少なからぬ影響をメノウに及ぼしている。人　災《ヒューマン・エラー》となったアカリからあふれて伝染する【時】の概念が、皮肉なことにメノウを【世界停止】の魔導行使から逃れさせていた。

ならば、さらに影響されれば。

メノウは純粋概念をあえて自分の肉体に引き込む。引き込んだ瞬間に記憶が削れる想定もしていたのだが、アカリの魂からメノウへと零《こぼ》れ落ちてきた純粋概念は、ただあるがままにあるだけだった。

時間の概念を自分の肉体に纏《まと》う。高度な集中力を要する魔導操作は、なんの偶然か、導力迷彩の要領に近かった。

メノウがしていることは、自分の本質を変化させるに等しい行為だ。漂白されて、染まることのなかった性質をアカリから引き込んだ色に染めていく。

そうして、どれだけの時間が経《た》ったか。

もちろん世界の時間は一秒だって進んでいない。だが停止したままの世界とは裏腹に、メノウの体が自由を取り戻し始めた。

メノウの肉体が、【時】の概念で色づきつつあるのだ。

精神には純粋概念の影響が及ばないように注意をする。感覚的に、メノウが純粋概念の魔導を使わなければ記憶を削る心配がないことはわかっていた。

足を一歩、踏み出す。空気があまりにも重い。改めて地面を踏みしめれば、塩の大地は凍ったかのように固まっている。それでいながらメノウが踏みしめた部分だけはわずかに動き始める。

時間が止まった世界をメノウは鈍麻《どんま》に歩く。

いまメノウが見舞われている現象が、この周辺だけにとどまっていないことは本能的に悟っていた。

世界が静止している。

人が時間と関わるすべてが停止している。

いままでアカリが使った【停止】の魔導は、ここまで大それた効果を発揮していなかった。指先から発射された導力光が直撃した相手の時間を止める。もちろん強力な魔導ではあったが、効果範囲は限定的だった。

同じ純粋概念でいながら、まるで規模が違う魔導行使。

アカリが純粋概念を暴走させた。人災《ヒューマン・エラー》になった。記憶と人格がなくなって人間性を失った。

受け入れがたい現実を受け入れる。たとえ一時のことでも、アカリと離れてしまったことを痛切に後悔する。

相互に記憶を共有したばかりだ。アカリの暴走には、なにかしらの介入があったのは間違いない。絶対に許さない。私刑になろうと犯人は必ず見つけ出して報いを受けさせる。

固く固く誓いながらも、メノウは止まった時間の中で動きを取り戻していく。

だが黒幕を探るよりもまず先に、しなくてはならないことがある。

怒りや後悔すらも糧にして、前へ。

「アカリ……」

泥の中を進んでいるかのようだ。粘度の高い空気をかき分けて、前に進む。

ようやく発することのできた呼びかけに、アカリが反応した。人災《ヒューマン・エラー》となった彼女が、能面のままメノウに指を向けた。

明らかな、攻撃姿勢。

『導力：接続――不正定着・純粋概念【時】――発動【人体停止】』

一瞬だった。

狙《ねら》い通りメノウの肩に【時】の純粋概念が着弾する。人体に限定することで【停止】の効力をさらに高めた概念魔導。メノウは効果に逆らわない。自分の肉体に影響を及ぼそうとする純粋概念の性質を飲み込み体になじませる。【時】の魔導を飲み干すように自分の体に定着させる。

さらに一段階、メノウの性質が純粋概念に染まる。

なんとか停止を免れたものの、メノウの意識も完全ではない。思考がかったるいほどに鈍っている。体力が半減したかのような倦怠感が肉体を取り巻く。

「……？」

自分の魔導が中途半端《ちゅうとはんぱ》に通じていないことに気がついたのだろう。アカリの姿をした人災《ヒューマン・エラー》が、小首を傾げる。純粋概念の食い合いならばともかく、自分の概念が同調されていることが解《げ》せない様子だ。

時間停止したメノウの動きは緩慢だ。いくらでも対処のしようはあるだろうに、アカリは直立したまま動かない。動かない意味はわからない。人災《ヒューマン・エラー》の思考に合理性を求めることが間違いだ。『万魔殿《パンデモニウム》』が【魔】のままに振る舞っているのと同じく、いまのアカリも【時】の針が示すままに直立している。

本当に、人災《ヒューマン・エラー》となってしまったのだ。

絶望の底に叩き込まれる事態でありながら、それでもメノウには希望があった。

メノウの中には、アカリの記憶がある。

塩の大地に来る前に導力の相互接続で受け取った思い出だ。もう一度、魂の共感を発生させれば、メノウの精神にあるアカリの記憶を受け渡すことができる。自分の記憶を取り戻せば、アカリも意識を取り戻せるはずだった。

楽観的だとうすうす察している自分の見苦しさを自覚しながら、メノウは進んだ。

『導力：接続――不正定着・純粋概念【時】――発動【断裂】』

時間停止の効きが悪かったからだろう。アカリが指先から空間に作用する直接的な攻撃を放った。止まった時間の中を自由に動けないメノウに、回避は不可能だ。身をよじるのが精一杯だった。

ハンマーで叩《たた》かれたような衝撃にのけぞる。直撃したのは肩。くしくも先日、大聖堂で戦った時、導師《マスター》に傷つけられた場所と同じだ。ふさがりかけていた傷口が再び開いて、鮮血が飛び散った。

無傷では済まなかった。だがいまアカリが放った魔導が本来の効果を発揮していれば、メノウの腕を切り飛ばしていたはずだ。

人災《ヒューマン・エラー》となった彼女がメノウを相手に無意識に手加減している——などというロマンチックな理由ではない。やはり、【時】由来の魔導がメノウに対して効力を半減させている。

それでも【停止】よりは効果がありと機械的な判断を下したのか、二発三発と撃ち放ってくる。

腹、太もも、顔面、腕、脇腹《わきばら》。着弾するたびに、強い衝撃が走る。

大丈夫だ。体を引きずる。痛いだけの攻撃など恐れるものか。肩から垂れた血が落ちる。問題ない。意識を失うほどの失血ではない。ならば体は動く。

白い地面に、メノウの鮮血はよく目立った。足元に散った流血が靴底でこすれて赤い道ができる。ざりざりと粗い音を立てながら前に進み、自分に言い聞かせる。

メノウとアカリは、つながっている。だから大丈夫。都合のいい言葉だけを選んで進む。

手を伸ばせば届く距離に近づいた。

いつもはくるくると表情が変わるくせに、いまのアカリは完全に無表情だ。ぱっちりした丸い目から正気が読み取れない。やわらかく愛嬌を振りまく全身に生気を感じない。人間としての感情がなくなっているのが見て取れる。いまのアカリは、大部屋に置かれている時計と変わりがなかった。

メノウを見て、輝く笑顔を浮かべるアカリはそこにいない。

アカリが笑わないものだから、メノウが無理やり笑顔を浮かべて笑いかける。

「バカね……あんたらしくも、ない……」

バカねとメノウが言えば頰《ほお》を膨らませてそんなことないもんとアカリが言い返す。何度も繰り返した旅で育んだ、いつもの二人のやり取りが、発生しない。

それだけでメノウの言葉が届いていないことを、どうしようもなく実感してしまった。

ぐっと唇を嚙《か》む。

わかっている。純粋概念を暴走させた人間が、呼びかけた言葉で戻るはずがない。家族だろうと、友人だろうと、恋人だろうと、どんなに近しい人々がいままでどれだけ声を枯らしたところで届かなかった。

他の誰もができなかったことを、自分ならばと願うのは思い上がりだ。

だから近づいて、抱きしめる。

反応はない。人災《ヒューマン・エラー》となったアカリはなされるがままだ。腕を抱き返してくることもなく、だらんと両腕を垂らしたまま直立している。魔導を放つことすらやめている。

状況は、なにも変わらない。

当たり前だ。人災《ヒューマン・エラー》となった相手を、人が触れた体温で戻せるはずがない。感傷と感情で解決する問題ならば、処刑人が異世界人に標的を定めることなどなかった。メノウが異世界人を殺す理由にもならなかった。

「なんで、こんなことになっちゃったのかな……」

アカリと旅をして、つらいことも多かったが、楽しいことがたくさんあった。

アカリが繰り返してきた回帰の道のりを見て、彼女の思いの丈を受け取った。互いを知り合う導力接続で自分の大切なものを定めた。そうしていままでと決別するために導師《マスター》との決闘に挑んだかと思えば、これだ。

自分は望みを叶《かな》えることなどできないのではないか。

すべてはメノウがしてきた罪の重さに天が与えた懲罰ではないのか。

大切な友達のことを大切だと認めた瞬間に、最悪の形で失う。救いの糸を垂らしておきながら、奈落の谷底へと突き落とされる。お前は無辜《むこ》の民を殺し続けたのだから苦しむのがふさわしい運命だと道を敷かれている気すらした。

わかる。いやというほどよくわかる。悪人は苦しむべきだ。報いを受けるのが正しい。メノウはいままでに殺してきた『迷い人』全員に一回ずつ殺されても償えない罪を背負っている。

でも、だとしたら、だ。

「アカリを、巻き込むな……！」

怒りが、声になって出た。ムカっ腹が立った。頭に血が上って歯をむき出しにする。

人殺しで悪人のメノウがアカリを巻き込んだ？　なるほど、確かにその通り。ぐうの音も出ない。でも『善い人』であるアカリを巻き込む罰なんて、メノウは罰だと認めない、認めてたまるかと叫ぶ。

友達なのだ。

アカリがメノウのことを大切にしてくれた。メノウの価値を認めてくれた。メノウが大切にしてきたものは無駄ではなかったと受け止めてくれた。

アカリが側にいるから、メノウはいつか死ぬためでなく、これから生きるための道を選べた。

『導力：接続――』

だからメノウは大切なすべてを取り戻すために、アカリと触れた全部から導力を通して自分が持つアカリの記憶を渡そうと試みて――

『箏?罩-ı?絎???純粋概念【時】――』

絶句した。

そこに、アカリはいなかった。

目の前にいて、確かに触れているのに、いまメノウが抱きしめているのはアカリではない。

まるで星を飲み込む底なし沼だ。肉体も、精神も、魂も。生命の三要素すべてに純粋概念が広がっている。星々の散りばむ銀河よりも彼方に膨れる【力】の世界。メノウが導力接続で共有しようとした記憶が、いま発動している【世界停止】に片端から消費させられて飲み込まれる。経路からつながる【時】の概念が牙をむき、メノウの記憶すら脅かす。

「ッ！」

意識が飲まれて消えそうになるのをこらえて、自分の肉体に引き戻すので精いっぱいだった。一歩、よろめいて後退する。

ダメなのだろうか。

メノウは、アカリの顔を直視できなかった。見ればなにも変わらない現実に打ちのめされる予感にうつむくことしかできなかった。

頼みの綱が途絶えた。ぷつんと切れた希望の糸に突き落とされ、メノウの弱気が顔をのぞかせる。

いまのアカリは世界の【時】として世界の時間軸に遍在してしまっている。そしてこの世界は、回帰を繰り返したことによって本来あるべき時間からずれているのだ。

目の前にいる人災《ヒューマン・エラー》は、時間の辻褄《つじつま》を合わせるために世界の時を停止させて針を合わせようとしている。

純粋概念という圧倒的な存在に飲まれて人災《ヒューマン・エラー》となりながらも、メノウとアカリの導力接続は継続している。つまりそれは、星雲のごとく無限に広がる【時】の概念のどこかにアカリが漂っていることを示している。

こんな近くにいるのにアカリの感情が伝わってこない。頼みの導力の相互接続も、近くにいるだけで【時】の純粋概念がメノウの精神に這《は》い寄るための経路にしかなっていない。もしこのまま、メノウまで純粋概念に飲み込まれたらどうなるのか。アカリから預かっている彼女の記憶まで削れてしまったら、メノウはアカリを元に戻す手段を失う。それどころかメノウの人格も消え去り、【時】の純粋概念に飲まれた肉体が二つになる。

長針と短針が揃《そろ》う。

脈絡のない文章が頭に思い浮かんだ。前後がつながっていない言葉遊びが、なぜか真理を突いている気がした。

手立てをなくしたメノウは、ふと、自分が来た道を振り返った。

時間の止まった世界。真っ白な塩の大地で、メノウが歩いた道だけは、零《こぼ》れ落ちた血で赤黒く染まっている。

これがメノウの生きてきた道だ。赤黒い色に染まった自分の軌跡が、アカリと出会って行き止まっている。

ここから先に、一歩も進めないのか。

メノウは、夢を見た。

アカリと一緒に生きていく夢だ。自分が生きている夢だ。導力の相互接続をしたメノウとアカリの間には秘密なんてない。相手が笑えば自分が嬉しく、自分が嬉しければ相手も嬉しい。

メノウはアカリが繰り返した回帰の旅路を知っていて、アカリもメノウが生きてきた処刑人としての所業を知っている。

だからこそ、お互いを認め合っている。

アカリという友達となんでもない会話をして、一緒に生きていく道を選んだはずだった。

誰かに聞かれたら笑われてしまいそうなほどバカらしく、恥ずかしくてアカリには言葉に出して伝えられなかった夢を、叶えたかった。

一人じゃないって思えた時から、一緒に叶えられそうな気がしたのだ。

二人でならって信じられた時に、不可能のすべてを吹き飛ばすような期待感がメノウの手を引いた。

それでもやっぱり、人を殺した分際に、夢をかなえる権利なんて与えられないのかもしれない。

どうにもできない。自分では、無理なのか。じゃあ、自分じゃなかったら。モモなら、サハラなら、アーシュナなら、マノンなら、あるいは――導師《マスター》『陽炎《フレア》』、なら。

「……ぁ」

発想が、転換した。

革新の手段が閃《ひらめ》いた。解決の手立てが新星のごとくきらめいた。原色よりも色鮮やかに浮かび上がった答えに、メノウは戦慄《せんりつ》した。

手が、恐怖で震える。自分が思いついたことの罪深さに、背筋が凍り付く。

自分は、そんなことをしないために導師《マスター》と戦ったのに。

だが、いま脳裏《のうり》をよぎった以外の発想はない。

「……ぁははっ」

メノウは自嘲《じちょう》しながら、のろのろとへたり込んだ。

ぺたりと地面に尻《しり》をつけて、幼子の仕草で指先を地面に埋めてほじくり返す。

いま、メノウの足元にあるものを。かつては大陸だった大地が、どうして塩になったのか。

無辺となった塩の大地は、なんのために隔離されていたのか。導師《マスター》が条件起動をした時に脳裏によぎった要素が、メノウの頭の中で結びついた。

こつん、指先に脆い塊の感触が当たった。存在した感触に、やはりと確信した。

もう、これしか、ない。

手の震えが収まる。

決意が固まる。覚悟が決まった。目の前のアカリを見る。アカリらしさをすべて失っている。

けれども彼女は間違いなくアカリを内包しているのだ。

「ね、アカリ」

もしかしたら最期になるかもしれないと、万感胸に迫りながら語りかける。

「もし失敗したら……うん」

メノウは導力接続によってアカリとの記憶を共有している。だからメノウ自身が体験しなかった出来事でも、アカリが経験した事柄を知っている。

例えば、古都ガルムでの儀式場。

メノウとアカリが引き離された後に発動した儀式魔導【漂白】の白濁液とアカリが放った【停止】の魔導は、拮抗した。

純粋概念自体が禁忌のために滅多《めった》に発生することではないが、純粋概念同士の衝突は、お互いの魔導現象を対消滅させる結果を引き起こす。

「これでダメだったら、責任は、とるから」

指先に触れたものを掘り出しながら、慎重に指で挟む。一滴で人を殺せる猛毒を扱うより神経を尖らせて取り扱う。

違和感はあったのだ。戦う前に、導師《マスター》がわざわざメノウの目の前で『塩の剣』を砕いたことに。あれは戦う前にメノウの心を揺らすためのパフォーマンスだと思っていたが、決してそれだけではなかった。

「だから、大丈夫よ」

掘り当てたものを、メノウは慎重に、大胆に、畏れを込めて、遠慮なく。

力いっぱいの全力で、引き抜いた。

塩の大地がえぐれる。飛び散る塩に紛れて、小さな刃《やいば》が現れる。

白くて、脆《もろ》い――『塩の剣』。

この戦いの前に、メノウの眼前で『塩の剣』は確かに砕かれた。地面から出ている部分は叩き壊され、丹念に踏みにじられた。千年を通して守られた遺物が砕かれる様を、メノウは確かに目撃した。

塩の大地に突き刺さり、地表に出ていた大部分は粉みじんとなって水に溶けた。

言い換えれば、地中に刺さっていた切っ先は、刃の形を残しているということでもあった。

メノウの手の中で、折れ砕けながらも残った剣の欠片はスムーズに動いた。中途半端に【停止】の効果に囚われているメノウよりもよほど軽やかだ。メノウが干渉しなくとも【時】を切り裂いて動く。どんな概念にだって対抗して切り裂ける。初めて手にしたが、この刃の効力には疑いを抱く余地がなかった。

処刑人であるメノウは、時間回帰で不死身であったアカリを殺すためにこの刃を求めていた。

「大丈夫だから」

あらゆる純粋概念を切り裂く刃を振りかぶり、メノウは宣誓する。

「なにがあっても」

必滅の刃を殺すためではなく、どうにかしてアカリを生かすための一手として使う。

それでも賭《か》けであることには変わらない。

この刃は、あまりにも強すぎる。

少しでも扱いを誤って自分を傷つければ、メノウは絶対に助からない。それほどに危険な刃の切っ先を、初めての友達に向ける。

「誰がどうしても」

もう迷いはない。だってとっくの昔に決めていたことだ。

アカリとともに生きる決意は固めたけれども、アカリが世界を滅ぼす人災《ヒューマン・エラー》になるくらいなら――他の誰でもないメノウがとどめを刺す。

メノウは彼女と一緒に生きる約束をしたのだ。

「これから、どんな『時』だって」

だから万が一、その約束が果たせなかった時には一緒に死ぬくらいはしてやろう。

「私は、アカリの友達だから」

万感の想いを込めて。

メノウはアカリの胸元《むなもと》に『塩の剣』の刃先を突き刺した。

あ、ダメかも。

最初の手応えに、諦観がメノウを襲った。

塩の刃はあっさりと突き刺さってしまった。

あてが外れたのか？　絶望に手を離しかけて、アカリの肉体に入った刃が止まる。

時間の停止が、塩の刃を止めた。

うまくいった。喜びかけて、愕然とする。

アカリの胸元で塩化現象が始まった。あまりに強い効力に屈したかのように、アカリが膝を折ってうずくまる。

やはり、無茶だったのか。

顔面から血の気が引いた。しかし塩の進みは明らかに遅い。停止の影響を受けている。

だが、止まらない。

しゃがみ込んだ【時】の人災《ヒューマン・エラー》が、両手で刃を摑む。

だが引き抜かない。塩化現象が始まったのだから、引き抜く意味がない。すでに塩となった部分から、指先ほどの範囲であれ、広がりつつある。

見ていられない。ぎゅっと目をつぶる。

見たくなかった。

アカリが塩と変わってしまう瞬間など。

見なければいけないと思った。

自分がしでかした、アカリの最期を。

目を、開けた。

瞬間。

世界が動きだした。

アカリを中心にして世界に広がっていた時間停止が、怒濤《どとう》の勢いで集束する。世界規模まで広がっていた概念的な【停止】が、ただ一点、アカリの胸元へ、ぎゅうっと凝縮される。

「……」

メノウは固唾《かたず》を呑んで経過を観察する。

アカリの胸元に、塩の刃先がほんの少し刺さっている。豊かな胸元が小指の先ほどの範囲だけ塩となり、崩れた布地からわずかに地肌がのぞいている。だが傷口から容赦なく始まるはずの塩の浸食は止まったままだ。

塩化現象と時間停止。二つの概念がせめぎ合っている。【時】の人災《ヒューマン・エラー》が世界に広げていた魔導現象を集中させることで身を守っている。

賭けに勝った。メノウは安堵《あんど》の息を吐く。

やったのだ。

メノウが塩の刃を突き刺したことで引き起こされたのは、人災《ヒューマン・エラー》としての防衛反応だ。

まだアカリの意識が戻ったわけではない。人災《ヒューマン・エラー》としての【力】をすべて防御に使うことを強いられているのだ。彼女は世界全部を止めていた【停止】を自分の体に注ぎ込むことで塩になる現象に抗っている。同じく『塩の剣』の刀身も時間停止に巻き込まれて完全に固定されているため、刃先がわずかにアカリに埋まったまま、ぴくりとも動かせない。

もし『塩の剣』が完全な形として突き刺されば、【時】であろうとも容赦なく切り裂き、塩に変えたのかもしれない。

だが幸か不幸か、『塩の剣』は砕かれて刀身は欠片ほどしか残っていなかった。大きさが減った分、効力も低減した。

結果として、【時】の人災《ヒューマン・エラー》と『塩の剣』は、お互いの魔導現象が完全に釣り合って拮抗することとなった。

かちゃり、と金属音がした。

メノウは慌ててそちらを向いた。

あるまじきことに、アカリに神経を集中させて周囲の警戒を怠っていた。短剣がこすれる音を立てたのは導師《マスター》『陽炎《フレア》』だ。時間が止まっていた彼女からすれば、メノウがアカリの胸に塩の刃を突き刺すまでの過程が完全に抜け落ちて見えるはずだ。

いまの状況だけで止まった世界の中でなにが起こったのかを悟った導師《マスター》が、眼球がこぼれんばかりに目を見開く。

そこまで驚くことなのか。普通の人間ならともかく、導師《マスター》ならばあっさりと現実を認識して処理するだけだとばかり思っていた。メノウは初めて見たかもしれない導師《マスター》の驚愕《きょうがく》に不審を覚える。

だがのんびりしている時間はない。【時】の人災《ヒューマン・エラー》を止めたからには、導師《マスター》をどうにかしなくてはならない。メノウがアカリを救出するのを黙って見過ごしてくれるほど親切ではないことくらい知っている。

なにより、いまなら隙を突けそうだ。

導師《マスター》との戦闘の再開だと短剣を構えようとした時だ。

「こんにちは」

そこに人がいると、声を掛けられるまで認識できなかった。

耳元でささやかれた声に、驚きのあまり短剣を取り落としかけた。

白い――どこまでも白い少女だ。外見が白いわけではないというのにこの世界の背景に溶け込んでしまっているほどに白く、色を乗せればさぞかし映えるだろうという感想を抱いた。

不思議な印象を抱いてから、相手の顔を認識する。

自分の顔があった。

伸びきった髪が顔の半分を覆っているが、顔立ちがメノウとそっくりだ。しかし二人の最大の違いは髪の色にある。

真っ白な印象を人に与える彼女の髪と瞳《ひとみ》の色は、黒だった。

「だ、れ……？」

「ボク？」

悪寒《おかん》に喉《のど》を締め付けられながらも振り絞った問いに、あっさりと答えが返される。

「ボクは君たち第一身分《ファウスト》が『主』と呼ぶ存在だ。世界の守護者にされた【白】だ」

長く伸びた黒髪は、柳の下にたたずむ幽霊を思わせる。だが、どこか懐かしい既視感を抱いたのは、メノウが幼いころに導師《マスター》と初めて出会った状況とよく似ているからだった。

自分がいて、導師《マスター》がいて、真っ白な印象を持つ女性がいる。

日の下にいて、足のある亡霊は淡々と告げる。

「ボクは西彫《にしぼり》高校一年三組、白上白亜《しらかみはくあ》」

それは、アカリと出会ったときに聞いた学校とクラスだった。

「灯里《あかり》ちゃんの、親友だよ」

傷だらけのメノウに、真っ白な黒幕の正体が告げられた。

西彫学園高校、一年三組。

相手が告げた名称には聞き覚えがあった。グリザリカの王城に潜入してアカリと出会ったときに、メノウの質問に彼女はこう答えた。

――ひゃい⁉　西彫学園高校の一年三組、時任灯里《ときとう》です！

自分と同じ顔をした人物が着ている服にも見覚えがある。胸元の赤いタイ着用の有無はあれど、アカリと出会ったときに着ていたセーラー服とデザインが一致する。

「ありがとう、『陽炎《フレア》』」

メノウから導師《マスター》へと視線を移す。地面に引きずらんばかりに伸びきった髪が、ゆらりと不気味に彼女の動きに追随した。

「二十年前に君がボクにたどり着いたのは、僥倖《ぎょうこう》だった。君の協力がなければ、ここまでうまくはいかなかったよ」

「そうか」

どこかうわの空の導師《マスター》が言葉を返す。

やはり導師《マスター》の様子が変だ。先ほどまでの時間を稼ぐ戦いぶりから、目の前の人物との合流を待っていたのはわかる。逆転のための布石が機能したというのに、導師《マスター》の態度はどこか虚脱的だ。

しかし新たに現れた人物が導師《マスター》の態度を不審に思うことはなかった。

「あとはボクがやるよ。君に任せてアレをうっかり殺されでもしたら、目も当てられない」

『導力：接続――完全定着・純粋概念【白】――発動【白霧】』

メノウの鼻先に、霧が発生した。

魔導発動とメノウが飛びのいたのとは、ほぼ同時だった。直前に動いていなければ、全身が霧に包まれていた。

魔導の気配に覚えがある。これは、万魔殿《パンデモニウム》の体から湧き出していたものと同質だ。囲まれたら抗えない。

その魔導だけで、目の前の人物が誰なのかをメノウは悟った。

「あなた、【白】の勇者⁉」

「……ずいぶんと懐かしい呼び名だね」

霧の魔導は、メノウを捕らえ損ねたのを見るや、すぐに形を変化させた。薄く広がっていた霧が固まり、いくつかの小さい塊になる。

ふわりと浮いた白霧が襲い掛かってくる。

メノウは反射的に短剣を振るう。

当たった。だが手ごたえがない。抵抗なく切り裂けるが、白い霧の塊はすぐに再生して形を取り戻す。体に直撃した場合にどうなるかは、試す気にもならない。

物理攻撃の無駄を悟ったメノウは教典魔導を構築する。

『導力：接続――教典・三章一節――発動【襲い来る敵対者は聞いた、鳴り響く鐘の音を】』

教典から立ち上る導力光が教会の鐘を形成した。左右に振られた導力の鐘から発生した音響攻撃に、宙に浮かんでいた霧が散らされる。

「ああ……手加減、しすぎたかな、うん」

「なんで――」

「ボクが君と同じ顔をしているかって？　勘違いしないでね。君が、ボクと同じ顔をしているんだ」

どういうことだと、相手の説明を聞きながらも注意深く観察する。

『万魔殿《パンデモニウム》』を閉じ込めていた霧の結界と同質の魔導を行使したことから、目の前の人物が【白】であることは確かだ。千年前から人災《ヒューマン・エラー》にもならずに生き続けているというのは信じがたいが、それ以上に疑問なのが相手の容貌だ。

やはり、自分とよく似ている。

鏡合わせとは言わない。相違点はいくつもある。髪の色と長さ。瞳の色も違う。よくよく観察すれば、年齢も相手のほうがメノウより少し年上だ。

「君はボクの『目』だよ」

「……目？」

「そう。通信魔導を備えている教典を持っていれば、君の周囲の状況は『星の記憶』に蒐集《しゅうしゅう》される。教典を持って灯里ちゃんと一緒にいるだけで、君は『目』としての役割を果たしてくれた」

少しずつ、理解が深まる。

人災《ヒューマン・エラー》と関わる存在と戦った時、『万魔殿《パンデモニウム》』の小指も『絡繰り世』の意図が乗った三原色の魔導兵も、メノウに対して共通の単語を吐いた。

――ちょっぴり【白】の気配がするわね。

――なぜ【白】が、ここにいる？

いままで、メノウにはなんのことか知る術《すべ》はなかった。

その答えを持つ女が、おもむろに問いかける。

「君は日本に戻るために必要なものは、なんだか知っている？」

知っている。アカリは日本に帰るのに必要な代償を聞いて、万魔殿《パンデモニウム》に心を折られた。

億人単位にのぼる生贄《いけにえ》、大国の国土に匹敵《ひってき》する量の素材、海を干からびさせかねない膨大な導力。

これら三つの要素を大量に消費する必要がある大規模魔導儀式が、日本への送還魔導だ。それこそ、一度の発動で人類の存続が危ぶまれるほどの犠牲を強いている。

「古代文明期。千年前のこの世界は純粋概念を活用して大いに発展していた。宇宙の膨張よりも早く発展しようと加速度的に技術競争を始めた結果、一部の研究者の頭から、人倫が消えた」

導師《マスター》は口を挟んでくる気配もない。メノウの処断をハクアに任せている形だ。

「殺されたほうがマシだと思える研究が、行われた時代だ」

栄華とされる時代の闇を語る。

「その時代にあって、日本人を消費し続けたこの世界に清算を突きつけてやると決めたのが、ボクと、他の四人だった。ボクらはそれぞれ、召喚されてから魔導研究所に囚われていた人間でね。自分たちも被害者だったからこそ、あまりにも非人道的な実験をしている機関から被害者を助け出すなんてことをしていた」

一度、聞いた話だ。内容は途切れ途切れで思わせぶりながらもリベールの町で万魔殿《パンデモニウム》が語っていた内容と合致する。

彼らは五人で世界と戦ったと。

「ボクたちの活動の結果として生まれた送還陣にも問題があった。一回の起動につき、たったの一人しか戻れなかったんだ。より深刻なのはね、この世界では一回分の起動しかできないんだ。物理的に、この世界には一回の送還分しか素材が存在しない。日本帰還のための魔導陣の使用権を争うことで、ボクたちは分裂した。ボクたち五人は、それぞれが絶対に帰還したい事情を抱えていたから」

じりじりとメノウは後ずさる。なんの警戒もなしに、ハクアが間合いを詰めてくる。訓練の心得が見られない素人同然の歩きだというのに、不気味な迫力がある。

「そして、ボクが勝った。そのまま千年前に帰ればよかった。帰れれば、本当にそれでよかった。けどね。さっき言っただろう？　ボクは灯里ちゃんの親友なんだ」

　ハクアは静かに語る。自分の勝利を語りながら感情が声に乗っていない。

「灯里ちゃんが未来にこの世界に来ると、【星】が未来を読んだ」

　四大人災《ヒューマン・エラー》の一角。『星骸』のもととなった純粋概念【星】は、能力の一つに【占星】があった。対象の人物にとって重要な未来を読み解き、伝える能力だ。

「こちらの世界から日本につながった時間軸は一か所だけだから、召喚される日本人はほとんど同じ時代を生きた人間だ。千年前の召喚も、いまの召喚も、こちらに来る日本人の時代は変わらない。召喚できる時間軸が局地的だから、ごくまれに知り合いや血縁が偶然召喚されることもある。……わかるかい？　その瞬間、ボクは元の世界に帰る意味を失ったんだ」

　四大人災《ヒューマン・エラー》を討滅し、元の世界に帰る権利を手に入れた彼女は、死にぞこないの占星術に囚われた。

「だから、待った」

　そっけなく告げた声は、虚無をはらんでいた。

　この世界に親友が――時任灯里が召喚されると知った時に、彼女は待つと決めたのだ。

「待って、計画を練り上げた。ボクが灯里ちゃんと一緒に帰るために、世界を牛耳った。送還陣のおひとりさま問題も解決したよ。魔導的に同一人物になれば、素材と生贄のかさましは必要だけど、一緒に帰れるんだ」

　彼女の言葉に、思い当たることがあった。

導力の相互接続。メノウとアカリは導力を通じて心を合わせ、魂の共感を果たした。導力の交感がある状態は、魔導的に見れば同一人物であるともいえる。

「まさか……」

「そのまさかだよ」

アカリとメノウが導力の相互接続をできるようになるまで、時間を繰り返させていた。

メノウを素材として完成させるために。

「ボク自身はね、こんななりをしているけれども日本人だ。魂に純粋概念があるせいで、どうしたって灯里ちゃんと魔導的に同一になることはできない。純粋概念は、互いに食い合うからね。だからいまこの時代に、ボクと同じでありながら違う存在をつくる必要があった」

ハクアが、まっすぐメノウを見つめる。

「『目』以外の役目である『脳』はそこだよ。君はボクだ。『私』だった頃のボクの性質なら灯里ちゃんとの相性がいいに決まっている。あとは君をボクと同調させればいい。ボクの目となり脳となり、よく役割をこなしてくれた。とはいえ……」

ちらりとアカリに視線を向ける。胸元に刃先が刺さったまま停止している彼女は、彫像のようだ。

「これは、予定になかった」

メノウが世界の時間停止を解除したのは、ハクアの計画から逸脱したものらしい。

「時間が止まっているうちに、『万魔殿《パンデモニウム》』も『絡繰り世』も処理して日本帰還の準備は全部済ませようと思っていたのに……まあ、いいか。灯里ちゃんの助け方は、おいおい考えるとして、まずは君だ」

ハクアが事情を語り聞かせていたのも、まったくの無意味ではない。知識を共有することで、少しでも同一性を高めていたのだ。

やはり、こいつは敵だ。こいつこそが、メノウの敵だった。

メノウの敵意に、ハクアが肩をすくめる。

「余計な手間は、かけさないでおくれよ」

『導力：接続――』

メノウの呼吸が、止まった。

先ほどの魔導とは、込められている導力の量も、質も、わけが違った。

『完全定着・純粋概念【白】――』

自分が後ずさっていることに、踵《かかと》が塩を引きずる音で気がついた。

見せつけるような、ゆっくりとした魔導構築。紡《つむ》がれる魔導の不気味さでも、巧みさでもなく、恐怖を催すのは、ただ莫大な導力を集めて、集めて、集めて、押し固めた導力。

固めたはずの自分の覚悟など、紙切れだった。

そう思わずにはいられない。

見ただけで、あらゆる心を恐怖へと風靡させる――【力】。

『発動【混沌】』

ハクアの手のひらが、こちらに向いた。

避《よ》けた。

全力で、他に無駄の思考も一切《いっさい》せずに、なりふり構わず駆けだした。

直前までメノウがいた空間が白く染まった。ハクアの腕を向ける延長線上のすべてが白く塗りつぶされる。世界が上書きされてリセット状態になる。どうなっているのかは、まったくわからない。ただそこに、【白】の導力以外のものが存在しなくなっているのだけはわかる。

こんな魔導を放たれては、距離の意味がない。ならば、近づいて――どうする？

無防備な魔導構築中にすら、怯《おび》えて後退した自分になにができる？

ついっとハクアの腕が動く。

なぞる空間が白一色に変わっていく。子供がペンキで世界を塗りたくるような雑さで、三次元がことごとく白く変わる。あと少し追えば、逃れようもなくメノウが塗りつぶされて終わる、というところで魔導が中断された。

「抵抗が無駄だって、わかってくれたかな？」

いまの一瞬でごっそりと気力を使って肩で息をしたメノウに、ハクアが微笑《ほほえ》む。

脅しだったのだ。ただ脅しを効かせるためだけに、あんな魔導を打ち放った。

消耗し、足を止めたところに狙いをすまして本命の魔導が放たれた。

『導力：接続――完全定着・純粋概念【白】――発動【憑依】』

メノウの精神が、大海に叩き込まれた。

自分の精神をメノウの体に移す、【憑依】。

他人の精神が丸ごと入り込んでくる感覚を味わうのは二度目だ。

大陸中央部にある砂漠での戦闘の最後、三原色の魔導兵がメノウに行使した魔導。本来ならば『絡繰り世』である【器】の概念魔導だ。あの時だってメノウの抵抗は無駄だった。敵の強大さに蹂躙された。

だがいまメノウがさらされているのは、他と比肩のしようがない現象だ。

海に一滴の水滴を落としてからその水滴を見つけろと言われても、誰にだってそんなことはできないだろう。そしていまのメノウは、海に落とされた水滴だった。

自分が拡散しないように、混ざり合うことがないようにと自我を固めることしかできない。

それでも、徐々に端からゆっくりと広がっていくことを防ぎきれない。メノウは抵抗できない。

ハクアの言葉を信じるならば、メノウは魔導的に精神面での抵抗ができないように調整されてつくられた。

いま、この時のために。

そうか。こいつか。こいつが、自分の中にいたのか。

メノウは自分の正体を知る。自分のルーツを学ぶ。そのうえで、はっきりと断言できる。

こいつになることが、メノウの生きてきた意味ではない。

【憑依】に抵抗するのは、自分だけでは無理だった。

だから、自分以外に手を伸ばす。いまメノウの中にある、自分以外。導力接続でつながるアカリの魂から純粋概念を浸食させる。

ハクアは肉体の同一性を利用して、メノウへと精神を移植しようとしている。ならばハクアを弾くため、【時】の人災《ヒューマン・エラー》を利用する。すでにメノウの肉体には、純粋概念の性質が染み込んでいる。

純粋概念は、互いが食い合う。

いまここで、メノウは自分の肉体の特性を塗り替える。ハクアの似姿として造られたメノウの肉体が白の純粋性を失う。いままでのように抵抗なく導力接続をすることは、二度とできなくなるだろう。それでもかまわない。

ハクアは、メノウのことを自分の『目』であり『脳』であると言った。

ならばメノウは、自分の中にある【白】の要素を、【時】の純粋概念と食い合わせる。自分の中にあるハクアなど必要なはずもない。

アカリとは、つながっているのだから。

メノウの魂を通じて流入する【時】に、ハクアが目元を厳しいものにした。

ハクアとメノウの同一性が一つ、失われていた。

メノウに同調しかけていた【力】が、反発を起こした。メノウとハクアの肉体が、別物になる。当然の拒絶反応が二人の精神を反発させ、【憑依】の魔導を失敗に終わらせる。

「残念だったわね……！」

不敵に笑ったメノウは無意識に止めていた呼吸を再開する。息継ぎをする要領で空気をむさぼる。

「……うん、すごいね」

ハクアが本気で感心した声で言った。

「【憑依】を耐えぬくなんて、すごいすごい。君が一生懸命鍛え上げた技術は、少なく見積もってもボクの魔導一発分以上の価値があるみたいだ。それって、本当になかなかすごいことだよ？」

後ろに手を回したまま、メノウに歩み寄る。何気ない歩調なのに、メノウは潰されそうなほどの圧迫感に襲われていた。

「手を抜こうとして、悪かったよ。ごめんね。謝る」

にこにこと微笑むハクアの背後に、いくつもの魔導構成が見えた。

純粋概念の行使者らしく、思考が魔導構成となって編まれている。並行して編まれ、放棄され、また次、どうしようかという思考がだだ漏《も》れになって魔導として構築され続けては破棄される。

そのどれもが、メノウがいままで見たことのある純粋概念由来の魔導に劣らない。なにより驚くべきは、構成される概念の種類の多さだ。【白】の概念でありながら【器】の概念魔導を使った時点で気がつくべきだった。

「これから君の意識は消えるけど、言い残すことはあるかい？」

信じがたい。

一人の人間に、複数の純粋概念が詰め込まれている。

最初にハクアが放った魔導は、複数の純粋概念を束《たば》ねて放ったことで発生した、わけのわからないなにかだったのだ。

「ああ、千年前にこの世界に召喚された『私』だった頃のボクがどんな実験を受けたか、言ってなかったかな」

メノウの驚きに、親切にも注釈を入れる。

「【力】が食い合うことなく、ひとりの人間にどれだけ純粋概念が詰め込めるか、だよ」

そうして選ばれた純粋概念が【白】だった。

「純粋概念は暴走すると魔導として世界に遍在する。純粋概念【白】を持つボクはね、遍在した魔導を書き込むのに、とてつもなく都合のいい適性を持っていたんだ。普通、世界に遍在した魔導は元の純粋概念から大きく効果を落とすけど、ボクの中に詰め込んだ純粋概念は、ほぼ、その効力を弱めなかった」

　そうして生まれたのが、あまたの純粋概念を操る異世界人。古代文明期にこの世界に反旗を翻《ひるがえ》した『白の勇者』と呼ばれる革命者であり、後の世で『主』を名乗った支配者だ。

　ダメだ。可能性が見えない。メノウは対抗するという選択肢を捨てた。

『導力：接続――短剣・紋章――発動【疾風】』

　地面が爆発《ばくはつ》するかのように吹き飛ばされる。

　短剣を地面に突き刺して【疾風】を放つことで起こした即興の煙幕だ。視線を遮《さえぎ》る目くらましに紛《まぎ》れて、メノウは導力迷彩で景色に同化する。

「うん？」

　ハクアが首を傾げる。

　メノウがなにをしたいのかわからなかったようだ。自分の視界から姿が消えてから、メノウの行動が腑《ふ》に落ちたと手を打つ。

「ああ、逃げるんだ」

　逃げようとするメノウの背中へと投げかける声には、あからさまな嘲《あざけ》りがあった。

　笑われようとも足を緩《ゆる》めるはずもない。なにを言われようとも逃げればいい。ハクアがアカリの命を脅かすはずがないことはよくわかった。ならば口惜《くや》しいが、ここは一度撤退して、アカリを助ける方策を練り直したほうがいい。

「いいよ、逃げても。大サービスだ。追わないでおいてあげる」

逃走を選んだメノウの背中に、次の声がかけられる。

それが嘘《うそ》か本当か。メノウでは判断できない。油断させるブラフかもしれない。もしかしたら単純に面倒になったのかもしれない。次の瞬間には気が変わって、背後から魔導を乱射してくるかもしれない。

それでも正面から立ち向かうという選択肢はあり得ない。絶対に敵わないと思い知らされている。

「だって――」

なにが目的か。法外なほど有利な条件を告げたハクアが言葉をつなげる。

「――一時《いっとき》でも灯里ちゃんを見捨てる程度の『私』なんて、いらないから」

メノウの足が、鈍った。

「白々しいほどに薄情だけど、いいんじゃないかな。自分が空っぽの紛い物だって白状している行動だ。友情よりも自分の命が惜しいんでしょ？　……ああ、でも、そうだな。一つ、教えておいてあげる」

ハクアは、その場から動かない。宣言通り、追い打ちをする気配など微塵《みじん》もない。

だというのに逃げ出していたメノウの足が躊躇する。歩幅が狭くなって、地面を蹴《け》る力が減少する。

「君と灯里ちゃんとの記憶を消したのは、ボクだよ」

メノウの導力迷彩が途絶えた。

ハクアが姿を露わにしたメノウを目で捉える。まだメノウは逃げきれていなかった。多少の距離はあるが、ハクアの魔導の範囲内だ。

「ほら、どうしたのさ。追わないって言ってるじゃん」

約束通り、追撃の気配は一切無い。ハクアは煙幕を立てた位置から一歩も動いていない。逃げればいい。どれだけ考えたところで、ここで戦う意味などない。勝算も、活路もない。勝てないのだ。

だが。

メノウは立ち止まって問いかけていた。

「なんで、消したの？」

メノウにとって、アカリと共有したもっとも大切なもの。

二人の思い出の片割れを。

こいつは、消したのか。

「だって、いらないでしょ？」

どこかに表情を落とした顔のメノウに、ハクアが答えた。

ハクアがセーラー服のスカートのポケットに手を入れる。取り出したのは、白いカチューーシャだ。

「ボクは灯里ちゃんと日本に帰る。ボクの中には、灯里ちゃんとの日本での記憶が、ちゃんとあるからね。灯里ちゃんとつながる魔導素材である君の肉体さえあれば、日本での灯里ちゃんの記憶は元通りになる。この世界で過ごした君との記憶なんていらないよ。言っておくけど、ボクだって日本に帰る時、こんな世界のことは全部【漂白】して忘れて、ただの『私』だった頃に戻るから」

だから消した。

この世界にいたアカリを消して人災《ヒューマン・エラー》にした。

アカリを灯里にするために。

「ボクたちにはいらないんだよ。この世界のことは、全部」

『導力：接続――完全定着・純粋概念【白】――発動【風化】』

世界のどこかで暴走した純粋概念は、ハクアの力となる。そのことを証明するように、彼女は【時】の魔導でカチューシャを風化させた。

ハクアの手元でカチューシャが塵となって風に流れる。

メノウが、ねだるアカリの要望に応えて花飾りを付けた思い出の品が。

「日本に帰って、ボクたちは『私』と『灯里』の生活を取り戻す」

そのためだけに、アカリの中からメノウのすべてを消し去った。

「そう」

納得した。

よくわかった。

ふらり、と足が前に出た。意識はしていなかった。けれども自分の体は、よくよくメノウの願望を汲んで動いた。

純粋概念【白】は、黒髪を風にそよがせて、メノウをせせら笑う。

「逃げないんだ」

やめろ。心で生まれた制止の声を無視した。向かえば死ぬとわかっていた。死ねばアカリを残すことになる。モモにお別れも言えない。なにも残らない。覚悟を決めて挑んだ導師《マスター》との決着すらなく、いきなり横入りしてきたコイツに殺されて終わる。

それでも止まれない。

たぶん、初めてだ。

誰かに、純粋な殺意を覚えたのは。

「死ね」

散々、人を殺して、いままで口に出した覚えのない悪意が一塊の氷のような手触りで放たれる。腕を振り、足を踏み出す。死地に向けて全力で駆けだした。

勝てない。死ぬ。それがわかって、メノウはまっすぐ突っ込んだ。

ハクアは笑った。

無手のがら空きになった胴体。あからさまな誘いだ。

受けて立った。

他人でありながら、これほど自己嫌悪をぶつけるにふさわしい相手はいない。メノウは限界まで自分の身体能力を引き上げる。イメージは、自分なんかを慕ってくれる後輩のモモだ。彼女の導力強化をトレースするように、肉体をほとんど暴走させる勢いで踏み込んだ。

まっすぐにハクアをにらみつけたからこそ、その後ろにいる人物をメノウは捉えることができた。

メノウは後ろの光景に目を奪われた。

ハクアの後ろには導師《マスター》がいた。彼女はハクアとメノウのやり取りに目もくれていなかった。アカリから塩の刃を抜こうと、あるいはへし折ってやろうとしていた導師《マスター》が苛立《いらだ》たし気に地面を蹴り上げる。珍しくも感情をあらわにした導師《マスター》は、深々と息を吐き、自分の短剣を抜いた。

メノウが突っ込むのに合わせて、当たり前の足取りで後ろからハクアに近づき、

「は?」

背後からハクアの心臓に、短剣を突き刺した。

衝撃に、世界が動きを止める。

少し前に世界を巻き込んだ概念的な停止でない。信じられないことが起こったのを目の当たりにした人間を示しての比喩表現だ。

それほどに、衝撃的だった。

メノウは導師《マスター》の突然の凶行に精神的な衝撃を。ハクアは純粋に急所を貫かれた肉体的な衝撃だ。

なにが起こったのか、まるでわからないという白紙の表情でハクアが振り返る。

心臓を貫かれているのに動けているのは、さすが千年生き延びた存在であると称賛するべきか。導師《マスター》が短剣を引き抜くと、何事もなかったかのように肉体が元に戻る。ハクアの肉体再生の原理が、細胞単位で行われている肉体の生贄と召喚を利用した古代文明期の技術の産物だとまでは、メノウにはわからない。

だが、導師《マスター》は知っていた。

導師《マスター》『陽炎《フレア》』はここ十年以上、ハクアにとって忠実な駒《こま》の一つだった。事情を知りながらも、腐ることも堕《お》ちることもなく、淡々と役目をこなした。

信頼はしていない。

だが信用はしていた。

「なんで?」

ハクアの声は、メノウが聞いた彼女の言葉の中で、もっとも純粋な問いだった。

導師《マスター》は大口を開けて笑い飛ばした。

「昔に殺した友人から、お前を殺してくれと頼まれていてな」

言い放ってから、口元をひん曲げる。

「私がお前を殺す理由に、それ以上が必要か？」

ハクアの目が針のように細められた。

心臓を貫かれた後遺症は一切ない。後遺症どころか、血の一滴もしたたり落ちていない。

かつての古代文明期、シラカミ・ハクアは数多の純粋概念を束ねる礎《いしづえ》として、まず四つの不死の要素を詰め込まれた。生命の三要素、一つでも不滅になれば不死となる技術を三つとも注ぎ込まれ、【力】の完全性を人体で表現することで生命の三要素が消えてすら滅することはできなくなった。

古代文明期崩壊から千年。いくつもの純粋概念を注ぎ込まれた彼女は、通常の手段では決して死なない。

「なにがしたいか知らないけど、不意打ちくらいじゃボクには無意味だ」

「だろうな。お前の強さは他でもない【白】という概念の純粋性にある。ただでさえ【白】の魔導は強かったが、四大人災《ヒューマン・エラー》の概念を飲みこんで自分のものとしたことで飛躍的に能力が増した」

自分の攻撃の無意味さに落胆するでもなく、ふさがった傷口を一瞥《いちべつ》する。

「記憶の漂白という、他の異世界人に対する絶対的なアドバンテージと、暴走によって世界に偏在した純粋概念を自分の魂に刻んでものにできるという特異性こそが【白】の強みだ。お前はこの千年で、どれだけの概念を飲み込んだ？　なにがこの世界が日本人を消費している、だ。他でもないお前が好き勝手をした世界の現状が、いまだろうに」

「なんだよ」

ハクアの声が怒りで震えた。怒りのまま、彼女の背後に魔導構成が浮かび上がる。

援護を。

メノウは、とっさに思う。

相手は世界の頂点にいる『主』だ。いくら導師《マスター》でも勝負になるはずがない。

だからほとんど無意識で、メノウは導師《マスター》の横に並ぶ。

「どいつも、こいつも、なんなんだよ」

ハクアの能力が空間を満たし始める。複数の概念が魔導構成となってずらりと並ぶ。

ハクアが打ち放とうとしているのは、最初にメノウに披露したものと同じだ。

あれは、まずい。魔導というものを理解しているからこそ、脅威がわかる。逃げなければ。

少なくとも、ハクアを止めなくては。生きるために足を動かそうとして、首が絞まる。

『導力：接続――完全定着・純粋概念【白】――発動【混沌】』

導師《マスター》がメノウの黄色いフードを掴《つか》んでいた。

「え？・」

ハクアとメノウの声が重なった。

導師《マスター》は二人の反応など気にも留めない。それが唯一の正解だといわんばかりの迷いのなさでメノウを引き寄せ、盾にした。

うわ、死んだ。

恐怖を感じるよりも先に、馬鹿《ばか》みたいに単純な思考が文字となって浮かんだ。まさかこのタイミングで肉壁にされるとは露《つゆ》とも考えていなかった。メノウは思考が停止した間抜け面のまま身動きすらとれない。

だが予想外だったのはハクアも同じだ。

「このっ……！」

彼女の声には焦りが含まれていた。そのまま腕を数センチ動かせば、メノウごと導師《マスター》を真っ白に塗りつぶせる軌跡。

ハクアは必死の形相《ぎょうそう》で魔導を逸《そ》らした。

いまもなお、メノウとアカリの魂は導力でつながっているのである。ハクアはメノウの肉体を必要としている。繰り返される時間回帰の間も待ち続け、ようやくアカリとの導力接続を可能としたのだ。

時間をかけることでしか、メノウという魔導素材は作れない。

導師《マスター》『陽炎《フレア》』を殺害することより、メノウの確保は優先される。

魔導を中断したハクアは隙だらけだった。無防備だ。いくらでも攻撃できる。だがいまと同じ状態の時ですら、メノウはハクアに攻撃を仕掛けることができなかった。

当然、導師《マスター》は攻撃した。

「ぶっ⁉」

悲鳴が上がる。

導師《マスター》がメノウをぶん投げたのだ。なるほど、殺せないメノウを武器にすれば、迂闊に魔導で迎撃することもできない。ハクアと衝突して折り重なる。メノウは抵抗する気力も起きなかった。ただでさえ、肩からの出血がある。肉体と精神の疲労感がひどい。

「なにを――び⁉」

声を上げたハクアの顔面を、導師《マスター》が蹴り抜いた。鼻先にブーツのつま先がかすったメノウは、反射的に身をすくめる。

「笑えるなぁ」

魔導も導力もない、純然たる肉体的な暴力。爛々《らんらん》と光を放つ双眸《そうぼう》がハクアを見据える。

「導力文明の最盛期が産んだ超人が、あまたの純粋概念を取り込んで神様面した異世界人が、千年で混濁した自分に絶望していた人間が、このざまか」

くはっと大口を開けて笑う。

「滑稽《こっけい》だ」

挑発だ。メノウにはわかった。明らかに攻撃を誘っている。

ハクアには、わからなかった。

痛みに涙をにじませて、導師《マスター》をにらむ。

メノウを殺してはいけないという縛りはあれど、数えきれないほどの純粋概念を身に宿す彼女の強さに疑いはない。手段はいくらでもあるのだ。

『導力：接続――完全定着・純粋概念【白】――発動【無】』

この千年で蒐集した自分が抱える純粋概念の一つ【無】を解き放ったハクアの魔導が、導師の右足の付け根に当たった。

太ももが、半ばから消えた。

導師《マスター》の体が、ぐらりと傾く。ハクアがざまみろと嗜虐的《しぎゃくてき》に口元をゆがめる。

ちぎれた導師《マスター》の右足が肉々しい音を立てて地面に倒れ――ることは、なかった。

『導力：生贄供犠――右足・原罪ヶ印憤怒――召喚【怒濤】』

導師の右足が、生贄にささげられた。

人間の肉体の一部を対価に召喚された呪《のろ》いが、赤い粘体となってハクアにへばりついた。

処刑人でありながら、禁忌である原罪魔導を行使した導師《マスター》にハクアが愕然《がくぜん》とする。

「君は――むが⁉」

開いた口から、赤い呪いが入り込もうとする。ハクアの能力を考えれば人体の右足一本の対価で召喚された呪いが効力を発揮するとは思えないが、たぶん、純粋に気持ち悪いのだろう。とっさに口を閉じて顔をそむけた。

ハクアが呪いにかかずらっている間に、導師《マスター》はためらうことなく自分の足の切断面に短剣を向けて紋章起動。

『導力：接続――短剣・紋章――発動【導枝：寄生鷲の種】』

導力の種を、自分の傷口に撃ち込んだ。右足の切断面に根付いた導力が芽吹き、絡《から》み合《あ》った導力の枝が即席の義足をつくって導師《マスター》の体を支えた。

止血の応急処置と義足の作成を同時、かつ即座に行った。メノウも体験したことがあるからわかるが、壮絶な痛みに襲われているはずだ。自分の肉体で急速に植物が成長しているような状況なのだ。間違いなく、右足が吹き飛ぶよりも痛覚を刺激している。

だが導師《マスター》は顔色をピクリともゆがめない。

ハクアがメノウを押しのけて立ち上がった。技術はつたないが、さすがに導力強化のレベルはメノウと比べ物にならない。

だが導師《マスター》のほうが早かった。彼女は口を開き、教典に話しかけた。

「おい、ポンコツ」

『マスター。ご命令でしょうか？』

返事があった。

応答した存在に、導師《マスター》は一声。

「お前の記憶をすべて使って本体につなげろ、ポンコツ。座標はここだ」

それは犠牲を強要する指令だった。

拒否はなかった。導師《マスター》『陽炎《フレア》』の教典に宿った名もなき導力生命体はよどみなく返答する。

『かしこまりました、マスター。ですが私が消えて寂しくはないでしょうか』

「とっとと消えろ。あいつの残骸が宿った端末に人格が生まれたのが間違いだ」

『ならば消し去ればよかったのです。あなたにも感傷がある証拠でしょう。あ、反論を聞く気はないので、私はマザーの元に還ります。楽しかったですよ、マスター』

了承と同時に、教典がひときわ大きく輝いた。

『導力：接続――模倣回路・純粋概念【光】――発動【光信】』

莫大な【力】が収斂《しゅうれん》し、一本の細い光線となって天へと放たれた。

その瞬間だけは、ハクアもメノウも同じ姿勢で空を見上げていた。

なにが起こったのか、わからなかった。

魔導が発動したというのに、なにも起こらなかったからだ。莫大な導力の行き先がメノウの感知できる範囲を遥かに超えていた。

だがハクアにはわかったらしい。彼女は声を荒らげる。

「あれは、まさかマルタの……！　『陽炎《フレア》』!?　君、死ぬ気か！」

「まさか。私は聖地に戻るよ。お前らと違って、守るものなどないからな」

導師《マスター》の手から教典が、消えていく。端から塵となって崩れ落ちる。

導師《マスター》は転移の門に向かって、すたすたと歩みを進める。立ち去ろうとしている。なぜ、とメノウは困惑する。ハクアへの裏切りを表明しながら、あっさりと帰ろうとする意図が読めない。なにもしないのなら、ここで裏切りを宣言する必要自体がなかったのだ。

「逃がすと思ってるのかよ」

「逃がすと思っているとも」

凄むハクアに恐れる気配もなく、肉体を【停止】させているアカリを指さす。

「ソレ。肉体が【停止】しているから死ぬことはないが、海に落ちたら、まず見つからないぞ」

ハクアが顔色を失った。

メノウは疑問が増えた。『海に落ちたら』という仮定が話に浮かぶのかがわからない。狭い島だ。歩けば海に行き当たるのも早いだろうが、すぐそこに海岸線があるというわけでもない。ここにいるアカリが海に落ちるというイメージが湧かない。

「大変だな、守る者がある奴は」

言い放って、導師《マスター》は悠然と立ち去った。

導師《マスター》『陽炎《フレア》』は片足が即興の義足と思えない足取りで塩の大地を進んでいた。

彼女が教典を端末に使った通信起動から発射、そして着弾するまであと一分もない。時間を無駄にすれば、自分が発動させた攻撃に巻き込まれて死ぬ。

慌てることなく、それでも確実に歩いた導師《マスター》がちょうど転移の門にたどり着いたのと同時に、聖地につながっている向こうから小さな影だけが通り抜けてきた。

なにもない平地に現れた黒い影は、不自然そのものだ。じろりとにらむと、間抜けなことに怯えを示して影が揺れた。

この影の正体は明白だ。【魔】に堕ちた人間が使う影、原罪概念由来の異次元空間だ。【魔】の眷属《けんぞく》が影に隠れたまま、転移の門を通ってきたのだ。中にいるものをいまここで処理をしておくか迷ったが、時間が惜しい。

予定外が、また増えた。内心で舌打ちをしながら導師《マスター》は転移の門を抜けた。

抜けてすぐに、吹きさらしになった聖地の光景が目に入る。

「……まだ、結界は戻っていないか」

好都合だ。地脈の様子を見た感じ、もう少し時間がかかるだろう。自由に動ける時間が増えた。

塩の大地で発動させた最後の魔導が無駄に終わることは、彼女自身知っている。あの程度で殺せるなら、とっくの昔に殺している。それでも、時間を稼ぐ必要があった。

シラカミ・ハクアはこの世界でもっとも完全にして不死身に近い生物だ。

肉体は損壊した先から再召喚を繰り返し、精神は他者への憑依《ひょうい》を可能とする独立性を持ち、輪廻転生《りんねてんしょう》を繰り返そうとも摩耗しない魂の強度で、世界の龍脈に匹敵する【力】を内包している。

もともと頂点にあった【白】の純粋概念が、四大人災《ヒューマン・エラー》の特性を取り込んだ結果が『主』だ。それ以外にも、この千年間で様々な純粋概念の特性を飲み込み続けている。いくら発展していたとはいえ、いくら『陽炎《フレア》』の奥の手であっても、高威力の攻撃を直撃させたくらいで【白】が死ぬのだったら、古代文明はそもそも四大人災《ヒューマン・エラー》に滅ぼされていない。

導師《マスター》の本命は、あくまでも『塩の剣』だった。

「まさか、メノウに使われるとはな」

渋い顔で、唯一の予想外を呟《つぶや》く。

他の誰にも使わせないためにも、わざわざメノウの目の前で『塩の剣』を砕くパフォーマンスをしたのだが、結果だけ見れば逆効果に終わってしまった。

これで導師《マスター》は目的を達成することが不可能となった。

ハクアに反逆したからには、導師《マスター》『陽炎《フレア》』も第一身分《ファウスト》の立場ではいられない。相手は第一身分《ファウスト》の『主』だ。ハクアは神官が持つ教典を通じて、すべての神官に指令を下せる立場にいる。

致死の一撃を当てるために用意を続けた。動きを止め、塩の刃を突き刺して殺すつもりだった。機会が来るまで、温存に温存を重ねていた。確実に達成するために、準備に準備を積み重ね続けていた。

二十年かけた暗殺は、空振りに終わった。

だが積み上げたものが無駄になることなど、ごくごくありふれている。

失望はない。期待をしていないからだ。失敗をしたのならば次の手を打つ。

問題があるとすれば、一つ。

「……」

ぐらり、と体が傾《かし》いだ。枝分かれさせた導力の枝で傷口をふさいだが、出血が完全には止められていない。じわじわと失血していた。

避けようのない死が訪れている。自分の命が保たないことを自覚した。

だが、やり残したことがある。

導師《マスター》は自身の導力を振り絞る。

『導力：接続――短剣・紋章――発動【導枝：世界樹】』

短剣から伸びた【導枝】が巨大な導力の樹木になる。成長する大樹に押しのけられて、『龍門』と名付けられた駅のホームは破壊された。

聖地が千年守り続けていた要《かなめ》の一つ『龍門』は、完全に崩壊した。この世界に唯一残っていた存在を壊した導師《マスター》に感慨の色はなかった。自分の目的を達成するためならば、どれほど重要だろうと貴重だろうと使いつぶしていくことに迷いはない。

長距離転移は、もう発動できない。ハクアは大洋に置き去りにされた。いくら彼女でも、戻るのには時間がかかる。もう一つ、『星の記憶』も壊しておきたかったが、あの円柱形の建築物を破壊するには残りの導力が足りない。

「さて、と」

導力迷彩によって目には映らないが、導師《マスター》はハクアの目を盗んで塩の大地からひとつの荷物を持ち出していた。

「あとは、これをハクアの目から隠すだけだ」

重さに顔をしかめながら、自らが統括する修道院へと歩き始めた。

怒りに顔をゆがめながらも、ハクアは導師《マスター》を追撃しなかった。

メノウを押しのけたハクアは、アカリを確保するために近づき、膝を折って頬に触れて

——愕然とした。

「は？」

すとんと表情が抜け落ちる。

なんだと倒れたまま見ていると、ハクアが拳を振り上げて、アカリに叩きつけた。

アカリの体が、砕け散った。いや、砕け散ったのはアカリの体ではない。

そこに置かれていたのは、【導枝】に導力迷彩を施して視覚を欺《あざむ》いた、導力人形だ。

確かにいたはずのアカリを持ち去ったのが誰かなど、考えるまでもない。

導師《マスター》『陽炎《フレア》』だ。

アカリが地面にうずくまっていたから気が付かなかったが、地面に穴が開いている。彼女は隙を突いてアカリと【導枝】を入れ替えていた。導力迷彩を施せば、目では導師《マスター》がアカリを持ち運びしているとはわからない。

いつの間に入れ替えたのかという疑問は、あっさりと回答が浮かんだ。導師《マスター》が教典から莫大な【力】を上空に放った時だ。あの瞬間は、メノウもハクアも完全に意識を上へと逸らしていた。導師《マスター》はその隙に地面に【導枝】を通してアカリを回収し、導力迷彩を施して入れ替えたに違いない。

「ふざけんな……」

茫然と、ハクアが振り返る。立ち去った導師《マスター》の方向だ。だが導師《マスター》のことだ。もうすでに転移の門をくぐっているだろう。

この時ばかりはハクアと同じ気持ちになっていたメノウは、ふと変なものを見つけた。

小さな影だ。平地には影になるようなものはないのに、ぽつんと水たまりのように小さな影ができている。しかも、すすっと滑るように動いてメノウに近づいてくる。

なんだあれ、と働かない頭が疑問を抱いた時だ。

きらりと、月が瞬いた気がした。

「あ」

空を見て、メノウは先ほどのハクアと導師《マスター》の言い争いの意味を知った。

最初は小さな泡だと思った。真昼の空に小さな白い点が、泡のように動いている。その泡から、流れ星が見えたと思った。流れ星が瞬《またた》く間に巨大化して、こちらに向かってくることに気が付くのに数瞬かかった。

そのわずかな時間で、メノウはなにもできなくなっていた。

視界いっぱいに広がる光景に、なんの脈絡もなく思い出す。

五イン硬貨。聖女マルタの伝説。硬貨に刻まれた泡を出す紋章魔導は、その伝説を模したものだ。

月の奇跡を操る御業を伝える、一人の女の物語。

亜音速を超えて天から降り注ぐ弾丸は、見るものに月の欠片が落ちてきたのではないかと錯覚させるほど巨大だ。

逃げ場は、ない。

メノウの目の前が、真っ暗になった。

＊＊＊

千年前の古代文明期。

もっとも世界が発展した時代、人々が星々に至ったというのは誇張でもなんでもない。

人倫を踏みにじる研究も横行し、世界の環境を支配して改変を繰り返した。四大人災《ヒューマン・エラー》によって崩壊する直前の文明は、一部の分野において地球文明すらも凌駕していた。

それを証明するように、この星の衛星軌道上には一基の巨大な人工衛星があった。

千年前に打ち上げられていた気象衛星や通信衛星のほとんどは、破損して宇宙のデブリとなっている。千年だ。石造りの建造物でもあるまいに、精密機器の結晶である文明機器が過酷な宇宙環境で稼働を続けるはずもない。

そんな地球の常識を、古代文明の技術は覆した。

古代遺物である軍事衛星は生きていた。

稼働を続けている鍵は、導力の循環性と完全性にある。魔導学、素材学の両面から一部の隙なく導器を組み立て、【力】を完全に循環することで劣化をなくす。物体の不滅性の付与は古代文明期においても崩壊寸前にかろうじて実用化され始めた技術のため、この衛星のように巨大な導力施設はほとんど存在しない。

千年前に打ち上げられた衛星は、無為に巡っていた。

彼は強力な物理兵器だった。【力】の循環を完全にしたことにより経年劣化を防ぎ、搭載された導力知性体による制御で衛星軌道を保ち続ける。永遠にあり続ける可能性がある兵器だったが、残念なことに、兵器である彼よりも先に地上の文明が滅びてしまった。

本当ならば月よりも遥かに小さい衛星として星の衛星軌道を回り続けるはずだった。

そのあり方が変わったのは、ほんの二十年前だ。

彼という軍事衛星は、地上からの干渉に見舞われた。導力生命体によるハッキングを受けたのだ。

地上より放たれ、光による通信に乗って彼のいる導力回路に住み着いた存在は、時間をかけながら徐々に支配範囲を広げていった。もともと衛星軌道の制御機構として組み込まれていた彼と同化して、彼は彼女になりつつあった。

彼と混じり合った彼女は、かつて友人と旅をしていた時に、多くのことを知った。古代文明期の興亡と技術。異世界人召喚の仕組み。日本送還に必要な犠牲の量。それを知りながら、この世界から日本に帰ろうとしている存在。

旅をした末に、一つの結論を出した。

シラカミ・ハクアを止めなければならない。

だがその時に、純粋概念の持ち主であった彼女は人災《ヒューマン・エラー》となりかけていた。

だからこそ、肉体を捨てる決意をした。聖女マルタの伝説を追っている時に、古代文明期に飛ばされた軍事衛星に関する資料を発見していた。最後の記憶を費やし、【光】の純粋概念を通信面で活用することで衛星にハッキング。【光】の魔導を巡らせ続け、彼女の魂は長い時間をかけて衛星に搭載された導力生命体と同化した。地上に残された肉体は暴走を始め、彼女の友人によって塩と化した。

そして兵器起動のため、同化した精神の一部を友人の教典に宿した。

この衛星は、軍事衛星である。かつての保有者、聖女と呼ばれたマルタによって数度、使用されたものの兵器たる武威は残存していた。

超高々度からの、極超音速飛翔体の投下。

この世界に現存する兵器としては、もっとも破壊規模が大きく、防ぐことも不可能に等しい。

目標地点への弾着を確認した衛星は、また無為に公転する。

すでに地上とつながる端末はなくなった。

完全に近い兵器は、今度こそ静かな衛星となって、星の巡りに加わった。

＊＊＊

同時刻。

モモは完全にふて腐れていた。

フーズヤードに閉じこめられて、三十分近く経過している。暴れる無駄さを知らされ文句も尽きて、噛みつかんばかりにフーズヤードをにらむことしかできない。

聖地周辺の地脈の整備に没入していたフーズヤードが、不意に顔を上げた。

「よし」

まさか、と思う。

モモの胸に焦りが生まれる。メノウはまだ、帰ってきていない。それなのに、まさか。だがいくら焦燥にあぶられようとも、いまのモモにできることはない。

反面、フーズヤードは己の仕事を成し遂げた。

「できたぁっ！」

フーズヤードが歓声を上げた瞬間。

白い街並みが浮かび上がって顕現し、結界都市の姿を取り戻した聖地に、モモは絶望した。


そして。


メノウは魂の抜けた心地のまま白い街並みを一望できる場所にいた。

いま茫然自失として座り込んでいる場所は、聖地に続く、最後の巡礼路。少し道が広くなった場所だ。

「バカじゃないのバカじゃないのバカじゃないの⁉」

絶叫しながらも後ろからメノウを抱えているのは、サハラだ。彼女に運ばれるのは二度目だ。サハラの罵《のの》りに、まだ自分が生きていることが信じられないメノウは茫然としたまま反応を返せない。

「なにあれ⁉　なんかあんたによく似た異世界人がいたし、導師《マスター》は片足なくなってるしッ、挙句の果てに、空から月が降ってきたしッ？　意味がわからないわ！　なにがどうなってるの⁉　ねえ！」

そう。

天から無数の飛翔体が降り注いだ瞬間。メノウが自分の死を覚悟する間もなかった。メノウのあらゆる想定と対応できるレベルを超えた攻撃だった。

思考が停止するしかなかったメノウを救ったのが、サハラだった。

メノウは忍び寄ってきた影から現れたサハラに、異次元空間へと引きずり込まれた。

原罪概念魔導の召喚を応用した影移動だ。転移のような真似はできないが、平面になって地面を歩く速度で動ける。サハラはそれに隠れてメノウに近づいた。

だが原罪魔導がつくる魔界と呼ぶべき空間は物理干渉を遮断できない。本来なら天から降ってきたなにかに木っ端微塵にされて死んだはずだが、そこからさらに、影の空間を丸ごと召喚された。

眷属召喚は距離に囚われることがない転移の一種だ。サハラはメノウを影に巻き込むことで、窮地を脱した。

「あー……えと、サハラ」

「なに⁉」

「迎えに来てくれて、ありがと」

「死ね！」

まだ落ち着きから程遠いようで、涙目での絶叫だった。サハラらしい即答である。

ふふっと無意識に唇がほころび、メノウの心が正体を取り戻した。ようやくまともに思考が回転を始める。

「モモは？」

「死んだわ！　いい気味よねっ」

「よかった、モモも無事なのね」

本当にモモが死んでいたら、サハラのことだ。もっと嬉々《きき》として具体的な状況を語り聞かせてくる。まだ興奮が収まらないサハラの様子からして、かわいい後輩の無事は間違いないと、ほっと安堵《あんど》する。

それにしても、と改めてサハラを見る。彼女のことだから、てっきりとっくに逃げているものだと思っていた。

「嫌味じゃないから落ち着いて聞いてほしいんだけど、なんで来てくれたの？」

「……脅された。じゃなきゃ、メノウなんかを迎えに来るわけがない」

「脅されたって……誰に？」

徐々に心が落ち着いてきたのか、サハラの口調のトーンが戻る。

モモではないとなると、サハラを脅してまで自分を助けてくれる相手に心当たりがない。

「あたしに」

声が響いた。

暗闇から、ふわりと着物の裾が浮く。翻る白い衣装にマノンだろうかと勘違いしてから、相手の背の低さに気がつく。

そもそもサハラを眷属として手元に召喚できる存在は、彼女の肉体に原罪概念を打ち込んだ存在に他ならない。

「『万魔殿《パンデモニウム》』……？」

「次にその呼び方したら、オコだから」

年齢相応に幼気《いたいけ》な頬が、ぷくぅっと膨れる。

「サハラが隠れて移動するための影を貸してあげたのだってあたしなんだから、もっと感謝していいわよね。そうじゃなきゃ、サハラなんかとっくに捕まって迎えになんてこれなかったもの」

「え、あ、うん」

あまりに意外な対応に、目が瞬く。

「なにかしら、その反応。あたしの髪だって、こんなに短くなっちゃったのよ？　生贄に使った分は、あなたの働きで返してもらうんだから」

服装の変化もそうだが、いつか会った時よりも彼女の髪が短くなっていることに気がついた。二つに縛っていた髪が、いまはショートカットに近い長さになっている。

「あたしにはもちろん、マノンにだって感謝してよね。あの子は、その……ちょっと頭おかしかったけど、家族想いだったもん。あの子が命を懸けた結果に、いまのあたしがいるのよ。あなたが助かったのも、マノンのおかげだって言えるんだから」

彼女はワンピースの胸に空いた穴を埋めるように胸に手を当てる。

「あたしの名前は摩耶《まや》。大志万《おおしま》摩耶」

原罪概念の原初にして万魔の主を名乗る人災《ヒューマン・エラー》と同じ顔でありながら、ただのおしゃまな女の子といった振る舞いでメノウを見る。

「これからあたしのことは『万魔殿《パンデモニウム》』じゃなく、マヤって呼んでね？」

ほんの小指であれど、人災《ヒューマン・エラー》から意識を取り戻した幼い少女は名乗りを上げた。

処刑少女の生きる道《バージンロード》

四章　決別を宿した心

寒空の野宿にあって、焚火《たきび》の熱が頬《ほお》を温める。ぱちぱちと火の爆《は》ぜる音を耳に、赤毛と黒髪という二人の女性が野営をしていた。

夜空に映える満天の星の下、焚火を囲む女性の片割れが何気ない調子で尋ねた。

「君はどうして私と旅をしているんだい？」

「なんのことだ」

野ざらしにされた問いに赤毛の彼女は、そらとぼけようとした。平坦な口調のまま、いつも通りの無表情で答える。

「成り行きに理由などない」

「あのなぁ。雑に誤魔化すのは、やめたまえよ」

黒髪の女性が半眼でにらみつける。

「私がこの世界に来て、もう三か月だ。いやでも裏の事情というものはわかってくるさ。特に、こんな場所をいくつも旅すればね」

二人のいる場所は、北部にある未開拓領域だ。五イン硬貨にも描かれた聖女マルタの伝承

『月の奇跡』を追って、古代文明期の遺跡を巡っていた。

「清く正しい神官だなんて言ってるが、禁忌を処理するための処刑人が君だ。純粋概念を持っている私自身が禁忌なんだから、君は本来ならば出会ってすぐに私を殺していないとおかしい。この旅の中、君が多くの禁忌を処理したのと同じようにね」

赤毛の彼女に問いかける女性は、夜気に紛《まぎ》れそうな黒髪を揺らしながら事前に拾い集めた枯れ木をつかみ、焚火に放り込む。

異世界人である黒髪の女性は、元の世界に帰る手段が古代文明期にあると直感して、世界各地の未開拓領域で遺跡発掘に励んでいた。北部での探索では、軍事衛星との通信基地の跡地を発見して資料から衛星軌道を割り出し、己の純粋概念を使って軍事衛星が生きていることを証明してみせた。第一身分《ファウスト》の彼女でも、そこまで大規模な古代遺物の存在に行き当たったのは初めてだ。

けれども本来なら、こんな旅は成立するはずがない。

赤毛の彼女は処刑人であり、黒髪の女性は異世界人なのだから。

「それなのに君は、私と一緒に旅をしている。しかもゲノムやカガルマから守ってくれさえした。いや、あの二人に異世界人である私を渡すのは君の立場からしても許されないのはわかるんだが……」

ちらっと上目遣《うわめづか》いになり、彼女の表情をうかがう。

「守られている理由がわからないと、不安になるんだよ」

わかるだろう、と甘えと拗《す》ねた気持ちとが半々となった口ぶりで問いかけてくる。

異世界人である彼女の要望であちらこちらへと放浪の旅をして、付き合いも長くなっていた。

ごまかすのも限界か、と判断した彼女は淡々と答える。

「罪悪感を知るためだ」

「……うん？　もうちょっと詳しく。君は言葉が足りないことが多いことを自覚してくれたまえよ。不親切だぞ」

意図を伝えるのには、いまの言葉では足りなかったらしい。基本、言葉を交わすより刃《やいば》を交わした相手のほうが多いのだから仕方ない。

自分の考えがどうすれば伝わるのか、彼女は言葉を探しながらぽつぽつと声に出す。

「人を殺すのは悪いことだ」

「そうだね」

「そして私は人殺しだ。いままでも、そしてこれからも、人を殺していくだろう。人が禁忌を求める限り、私は禁忌を狩り続ける」

「うんうん」

「だが私は、人を殺すのが悪いことだと感じたことがない」

「ひどいとは思うけど、君はそういう奴だよな」

先ほど投げ入れた枯れ木が乾燥しきっていなかったようで、ばちりと焚き火が大きく爆ぜて火の粉を飛ばす。

「残忍で冷酷というより、君は合理的なんだよ。人を殺す理由があるのならば、人を殺すべきだという結論を下してしまう。普通の人間は人殺しをあらゆる選択肢の最後に置くが、君は誰《だれ》かと握手をするのと同じくらいの気軽さで人を殺すという選択肢をとれてしまう人種だ」

まさしく、その分析は的を射ていた。

第三身分《コモンズ》の孤児として引き取られ、多少の導力適性を見出されて処刑人として育てられたのが彼女だ。

処刑人としてはもっともありふれた生まれと育ちをした彼女は、人殺しが悪だと知っている。けれども人を殺す際に心が揺れたことがない。自分が突き刺す人間の苦しみを感じられない。人を殺すことで世界にメリットがあるのならば、世界にとって邪魔な人間は殺すべきだと判断を下して実行できる。

人を人と思わずに情緒よりも合理性を優先する彼女の精神性を、処刑人として天性のものだと評した人間もいる。羨望した同業者もいれば、人間として欠落していると蔑《さげす》んだ神官もいる。

その性質は様々な批評と弾劾、羨望と嫉妬の経験を経て彼女の中で積み重なり、一つの命題を突き付けた。

「罪悪感とは、なんだ？」

黒髪の女性は、難しい顔をした。

「感情を問うのは卑怯だね。その人の中にない感情を、言葉で伝えるのは至難だ。それこそテレパシーか……そうだね。この世界なら、他人と導力接続ができたら、誰かの心を受け取れるかもしれない」

もしそれができたら赤毛の彼女の疑問など瞬《またた》く間に解決するが、人間同士の導力接続など夢のまた夢だ。相手の戯言に近い返答を聞き流して、話を続ける。

「人を殺すのは悪いことだ」

「そうだね」

「処刑人の多くは、精神の負担で人間として壊れる。壊れた人間は使いつぶされて終わる。罪悪感に壊されることが処刑人の罰なのだとしたら、私は人を殺す罰を無償で逃れ続けているんだ」

「うん？　もしかして君、罪に対する罰だのなんだのを気にしているのかい？」

「当たり前だろう？」

相手の疑問は心外だった。彼女は当然だと答える。

「人を殺すのは、悪いことなんだ」

もう一度、繰り返す。

それがどうして悪いことなのか、心で感じることができないからこそ、自分には触れることのできない考えであるからこそ、彼女は人を殺すことが悪いことだと信じていた。

左手で持つ教典に書かれた文言よりも、ずっと。

「だから私は、自分が罰されるべきだと考えている」

「ふうん？　勧善懲悪《かんぜんちょうあく》が信条なのかい？」

「別に、善を望んでいるわけではない。悪に破滅しろという気もない」

会話を続けながら彼女は空を見上げる。

北部の未開拓領域では、夜に星々がきらめくさまを見ることができない。

北の空に浮かぶのは、幾つもの巨大な白濁球だ。

視界から空を覆い隠す白濁球が、昼も夜もなく空を回っている。いくつも浮かんでゆっくりと巡天している。

四大人災《ヒューマン・エラー》のひとつ【星骸】の巡りだ。

直接的な害はない景色を眺めて、彼女は呟く。

「ただ、罰があるべきだと思っている」

彼女の知る限り、処刑人の終わり方に救いはない。どこかで野垂れ死ぬか、逃亡して同業者に討伐されるか、精神的に壊れて処分される。

人並みの幸せというものを得られない生き方の救いのなさは、きっと『人を殺す』だなんて悪いことをした罰なのだ。

ならば、自分にとっての罰とは、なんなのか。

そもそも人並みの幸せなんてものを求めたことがない彼女は考える。

罰というものは苦痛を強いることであり、不便を強いることであり、反省を促《うなが》し後悔を呼び起こすものだ。

多くの人を殺してきた彼女だからこそ、もっともつらい人殺しを知っている。

己に親しい人間を手にかける時だ。

「苦しむことが罰だというのならば、初めて得た友人に刃を突き立てることこそが、私にとって相応の罰になる」

卑怯《ひきょう》で卑劣であさましくも人殺しに欠片《かけら》ほどの罪悪感も抱けない自分が、友情を語らい愛情を通わせた人間ができたのならば。

そんな人物を殺すことこそが、自分を壊す最大の罰となることを祈る。

自分自身で望んで画策し、自分自身でなんて馬鹿なことをしたのだと後悔するくらいになれば、素晴らしい。

「だから私は、お前が人災《ヒューマン・エラー》になるか、お前に友情を感じるまで殺さない」

話を聞いた黒髪の女性は、とても嫌そうな顔をしていた。

「……ちなみに聞いておきたいんだが、いま君、私に対して殺害のためらいを覚えるかい？」

じっと相手を見つめる。何通りか殺害方法を検討《けんとう》して、どれもがすぐに成立することを確信した。

「まるで覚えない」

「それはそれは。安心した」

言葉とは裏腹に、安堵《あんど》の様子は見えない。非常に複雑そうな顔をしていた。

「いいかい、君は人殺しだ。君の言うところによると、人を殺したことは罪であり、罰を受ける必要がある」

「そうだな」

「ならばこれを受け取りたまえ」

渡されたのは、紙巻の煙草《たばこ》だった。どういう意図だと目で問いかけると、ふふんと胸を張る。

「煙草は消極的な自殺だ。有害な煙を摂取することに、なに一ついいことがない。だからこそ、罰として吸うといい。罰云々《うんぬん》だったらそれで満足したまえ。自覚なく罪を重ねるなら、罰も自分ですらわからぬうちに体の内にため込めばよかろうさ」

「……ふん」

悪くはない。

そう思った。目に見えず、毒を吸い込み、少しずつ自分を蝕《むしば》んでいく。自分の体がどれだけ毒に侵されているのかの自覚がないというところが特に気に入った。

くわえた煙草に一イン硬貨の紋章魔導で火を点ける。煙を吐き出すと、黒髪の女性はわざとらしく鼻をつまんでパタパタと手を振った。

「……いま気づいた。私は副流煙が嫌だから、吸うときは一人でやってくれたまえ」

殺してやろうか、こいつ。

吸った煙を頬《ほお》にためて、思いっきり顔に煙を吹き付けてやる。

「おまっ、やめぇ！　それ、なんだかすごく嫌だぞ！　頬に唾《つば》を吐きかけられた気持ちだ！」

「そんなに敬遠するなら、なんで煙草なんて持ってた」

「私はそういうお年頃《としごろ》なんだよ！」

なるほど、とりあえず買ってみたが本人の趣味ではなくてポケットに突っ込んだままだったらしいことだけは伝わった。

遠慮なく煙草をふかす彼女の隣で、女性は憤然と口を尖らす。

「私は人災《ヒューマン・エラー》になる気もないし、この世界から日本に戻る気だけど……一応言っておくよ、異世界の親愛なる私の友よ」

「なんだ？」

初めて吸う煙草を十年来の愛用品のごとくくゆらせながら返答する彼女に、恨みがまし気な視線を向けて宣言した。

「君が私を殺したら、化けて出てやるから覚悟したまえよ？」

「脅しにならんな。お前のいた世界と違って、この世界だと残留精神の残骸が亡霊となることは、稀《まれ》にある魔導現象だ」

左手の人差し指で、とんとんと教典の表紙を叩《たた》く。

「お前が化けて出たら、残骸だろうが教典魔導ですぐに祓《はら》ってやる」

「やっかましい！　君なんか嫌いだい！」

旅の思い出。

まだ彼女が導師《マスター》にも位階を上げていない一介の神官であり、『陽炎《フレア》』などという二つ名も持たない処刑人だった時代。

この時には【光】の純粋概念を持った彼女へ、小さく甘やかで親愛なる殺意が芽生えていたことを自覚したのは、ずっとずっと後のことだった。

＊＊＊

聖地の崩壊より、半日が経過していた。

魔物の群れの襲来を退け、『竜害』の発生を乗り越え、聖地の結界は再起動して真っ白な街並みを取り戻していた。

立て続けに聖地を襲った災害から避難していた人々も、復興作業を始めている。やさしく発光する白い街並みの中、散乱した物品を運び出し、神官と修道女が混在して撤去作業や炊き出しを行う。普通の被災現場とは異なり、建築物の崩落がないことが救いだ。着々と元の営みを取り戻していく様は、始まりの地として知られる聖地は不滅であると心を打たれる光景だ。

日が沈んでも復興を続ける人々に、メノウは紛れていた。

マヤと名乗った少女やサハラとは別行動をとっている。彼女たちは、いまの聖地に入ることができない。聖地を構成する結界が原罪概念の侵入を弾くからだ。メノウは単身で行動していた。

千年来の未曾有《みぞう》の大災害の後である。多少、様相がぼろぼろなのは気にされていない。いまはまだ、メノウのやったことを通達もされていないようだ。捜索、もしくは討伐の部隊が組まれている気配はない。

聖地に戻ってからはモモと連絡を取るべきかどうか迷ったが、判断は保留にしていた。

モモから連絡が来ていない時点で、彼女になにかがあったのは間違いない。教典を取り上げられていた場合、自分の情報を敵側に渡す恐れがある。メノウが迂闊《うかつ》な連絡を入れただけで、モモが聖地崩落に関わったことが確定する恐れすらあるのだ。

聖地から離れるならば、まず東に向かうのが常套だ。というか、東以外に逃げる方向がない。聖地こそが、人類生息域の最西地だからだ。

だが夜になってから、メノウは逆に向かった。

人の気配を避けて、聖地を抜けてさらに西に向かう。

大陸の最西端に近い聖地を超えて西に行けば、広がるのは人類未踏の未開拓領域だ。特にここから西部は、本当になにもない。岩場だらけの不毛の大地を三日も歩けば海岸線にたどり着いて、それで終わりだ。

聖地より西にある建造物は、メノウも生まれ育った修道院だけだ。

第一身分《ファウスト》の暗部。処刑人の育成場所。日の目が当たることなく運営を続けられる、メノウの故郷ともいえる施設である。

聖地から届くわずかな白い光と星だけが照らす丘を登れば、名前も彫られていない石柱が等間隔に並ぶ光景が広がる。身寄りのない第一身分《ファウスト》の鎮魂を祈る墓地だ。

ここを通り過ぎれば、第一身分《ファウスト》の人間すら完全にいなくなる。

石碑の合間を縫って、吹き抜けの墓地を見渡すと、目当ての人物を見つけた。

「……やはり生きていたか、メノウ」

待ち構えていたのは、誰よりも見知った人物だった。

導師《マスター》『陽炎《フレア》』。

石碑にもたれかかって煙を吸っている導師《マスター》の姿を見て、絶望するでもなく、警戒するのでもなく、ああ、自分はこの人の弟子なんだなと苦笑してしまう。

導師《マスター》は塩の大地を去る時に、アカリの体を回収した。殺す手段があって実行されたら止めようがなかったが、メノウはアカリの生存を導力のつながりで感じていた。

アカリの姿はない。おそらく埋めて隠したのだ。

「修道院で休んでいてくれれば、嬉しかったんですけど」

死闘を繰り返したあとだ。普通ならば安静にしているはずだろうにという問いを聞いて、導師《マスター》は短くなった煙草を指で弾く。

「お前、まだこいつからの導力供給が続いているだろ」

こくりと首肯した。隠す気力もない。アカリが人災《ヒューマン・エラー》となった後も、メノウとの導力接続は絶たれていない。純粋概念の浸食は止まっているが、導力の供給だけは続いている。メノウが確信を持って迷わず墓地に直行した理由の一因だ。

導力接続のつながりをメノウが辿ってくることを予測して、導師《マスター》は待ち伏せしていたのだ。

「それにしても、なんだったんですか、最後のアレ」

「昔に管理権限を取得した古代遺物だ。古代文明期にあった衛星の概念は教えただろう？　昔の友人がいろいろ機能をいじくって、私の教典を端末にして起動できるようにしていた」

「そんなものあったとか、ひっどい切り札ですね。最初から使えばよかったじゃないですか」

「あまり思い上がるな。お前を殺すだけなら、あそこまではしなかったさ」

導師《マスター》が最後に放った攻撃は桁違《けたちが》いだった。月の欠片と見紛う質量が、天から高速で落下してきたのだ。古代文明期の遺産である衛星兵器の一撃に、小さな島でしかない塩の大地は粉みじんに砕かれただろう。導師《マスター》が立ち去り際にアカリを指さし『海に落ちたら見つからない』と言ったのが、最後の攻撃の威力を示している。

人を殺すには、あまりにも過剰な兵器を使用した導師《マスター》の目的は明白だ。

「シラカミ・ハクアですか。……あの直撃を受けて生きてるんですか、あいつは」

「間違いなくな。伊達ではないぞ。【白】の純粋概念も『主』という称号も。あいつ自体は他の異世界人同様、平和に甘ったれているが――あまりにも、強すぎる」

ふう、と導師《マスター》が一息つく。地面に落ちた煙草を踏みにじって火を消しながら言葉を紡ぐ。

「お前がトキトウ・アカリに突き刺した『塩の剣』だがな。本当は、私が使うつもりだったんだ」

「はい？」

「【白】を殺すつもりだったんだよ。『塩の剣』がなくなったと誤認させて、塩の大地までおびき寄せたうえで、地面に残した欠片で殺すつもりだった。この世界で奴《やつ》を殺すには、『塩の剣』を使う必要があったからな」

「……そもそも『塩の剣』は、ハクアが生み出したものですよね？　効果はあるんですか？」

「効く。奴はこの千年で他の純粋概念を飲み込み過ぎて、【白】の純粋性を失った。他の純粋概念が使えるようになるたびに、肝心の【白】の魔導は弱くなっている。それを狙って【使徒《エルダー》】どもは異世界人の純粋概念を暴走させていた節があるからな。いまの奴なら『塩の剣』

は間違いなく効果があったはずだ」

あ然とするメノウに、導師《マスター》はなんてことのない口調のまま話を続ける。

「私はな、メノウ。お前がなんなのか知っていた。オーウェルのババアが【白】の再誕実験をして生まれたお前を見た時に、使いようがあると確信した。ハクアはいずれ来るトキトウ・アカリとの導力接続のためのプランをいくつか用意していたが、お前の存在を知ることで、あっさりと私を信用した」

十年前の出会い。

メノウは眉根《まゆね》を下げて弱った表情になる。

「まだ少し、わからないのですけど……私は、どうやって生まれたんですか？」

「オーウェルのババアのことは覚えているな」

無言で頷く。

忘れられるはずもない。禁忌に手を染めた大司教。驚異の魔導行使者であったオーウェルに勝利できたのは、奇跡に近かった。

「奴は、昔はそれはご立派な第一身分《ファウスト》でな。事情を知ったことで、『主』の俗物ぶりが許せなかったんだろうな。理想的な『主』を作ろうとして、禁忌に踏み込んだ」

「理想の『主』を……？　でもあの人は、若返りを求めていました」

「その前の話だ。奴は魔導実験の末に小さな魂の生成を達成して、掠《かす》めとったハクアの肉体の一部を付与した。精神は後からできればいいと考えたのかは知らんが……ざっくり言えばシラカミ・ハクアが千年前に受けた実験の劣化再現で生まれたのが、お前だ」

驚きはない。この段になって、自分が普通の両親から生まれたなどとは考えていなかった。

「古代文明期には魔導技術が到底及ばない現代で、お前ほど人間である人間をつくった実例を私は知らん。オーウェルはハクアの擬似であるお前に純粋概念を飲ませようとして、異世界人を召喚、接触させて……結果は知っての通りだ」

滅んだ村で意識がはじまったメノウは、自分が生き残った人間だと思っていた。異世界人の人災《ヒューマン・エラー》によって、地図からも、自分の記憶からも消えたのだと。

逆だった。暴走して人災《ヒューマン・エラー》になりかかっていた彼女の原因は、メノウにこそあったのだ。

「当時のお前は異世界人の純粋概念を飲み込んで取り入れるどころか、逆に相手の概念をすべて塗り潰した。当時のお前には、その程度の純粋性があった」

メノウが起点となってあの村は滅びた。無辜《むこ》の村を一つ漂白した原因となったのがメノウだったのだ。幼いメノウの前にいた異世界人は、メノウを魔導素材とした実験に巻き込まれた被害者だった。

「お前という魔導素材は、『主』の代用として満足いく結果にはならなかった。奴は以降、お前を放流して自分が【使徒《エルダー》】のような不死身になろうと研究の舵を切った。意外と、自分が『主』として君臨でもするつもりだったのかもしれんな」

「私に故郷なんて、なかったんですね」

「そうだな」

グリザリカ王国で出会ったオーウェルは、はたしてなにを思ってメノウに『故郷』という言葉をかけていたのか。そんなことを考えながらも、まったく別の疑問を呟く。

「どうして私は、自分の名前を『メノウ』だと思ったんでしょうか」

導師《マスター》がここまで詳しく知っているのは、おそらく当時、オーウェルの身辺を探っていたかららだろう。ハクアの肉体を掠めとったというあたり、彼女から指令が下ったのか、導師《マスター》の独断だったのか。どちらにせよ、メノウはそこで導師《マスター》と出会った。

「さぁ。そればかりは知らん」

無関心な声が響く。

「私は、お前を殺すために育てていた。生物として完全無欠に近い【白】だが、奴の精神が不完全なお前の体に宿れば隙《すき》もできる。塩の大地におびき寄せることができると決まった時には、お前に【白】が憑依した瞬間に立ち会って、殺す。そのために、くだらん時間回帰にも付き合った。お前と出会った時から、オーウェルのババアからお前を押し付けられた時から、ずっと、お前を使い潰《つぶ》すつもりだった」

長大な計画だ。十年――あるいは、もっと。アカリが行った時間回帰の年数も含めれば、導師《マスター》の耐え忍んだ時間は膨大なものとなる。

彼女は半生をかけて、【白】を討つ計画を立てていた。

「お前が生き残ったおかげで、計画はご破算だ」

「導師《マスター》の思い通りことが運んだとして、アカリはどうなっていましたか」

「死んだだろうな。私にはあいつを生かす理由がない。人 災《ヒューマン・エラー》となればなおさらだ」

じゃあ、よかった。

声には出さなかったのだが、メノウの考えを読んだのだろう。導師《マスター》が顔をしかめた。

「『塩の剣』がなくなったいま、もはや【白】を殺す方法はない。少なくとも、私には不可能だ。いまはまだ私たちの行状は伝わっていないが、そのうちにハクアが教典を通じて第一身分《ファウスト》に流布するだろう。お互い、追われる身になる」

墓地で、二人は向き合う。

「もういいか？」

「はい」

アカリを助けるためだけに一時的にとはいえ聖地を壊滅状態に陥《おとしい》れたメノウは当然として、導師《マスター》もハクアに刃を突き刺したことで第一身分《ファウスト》から追われることになった。同じ立場だ。師弟ということも加味すれば、共犯だと指名手配を受けてもおかしくない。

その前に決着をつけようと、刃を向ける。

導師《マスター》が短剣を構えた。メノウも短剣を抜く。両者ともに、普段とは比べ物にならないほど緩慢な動きだ。導力強化の余裕すらなかった。教典は邪魔だ。発動できる余力もない。

「協力は、できませんか？」

「ここでお前を殺せば、ハクアはトキトウ・アカリと導力接続を行える魔導素材を失う」

考慮の余地もないという導師《マスター》の返答は、合理性に満ちていた。

「またお前と同じ存在を用意するのは手間だ。トキトウ・アカリのお人好しな性格を考えれば、お前という友人を失えば二度と誰かと導力接続をすることがなくなる可能性もある。奴が再臨する時間を稼げる以上、逃す道理はない」

いっそメノウが自分の喉に短剣を突き立てたほうが世界平和に貢献できそうだ。

だが残念ながら、メノウは世界平和のために自殺することなどできない。

目的を同じとする立場にあっても、協力などはできないのだ。

「私はな、メノウ。自分の友を殺せた。いまだに罪悪感も後悔もない」

「……」

「けれども、お前はトキトウ・アカリを殺せなかった」

「それは……」

「自分の意思で殺さない誰かを選んだことを、お前は一生後悔するだろう。バカなお前のことだ。私と違って、お前は人を殺すたびに罪悪感に刺されていたのだろう？」

導師《マスター》の言う通りだった。

甘いとなじられるだろうか。視線を逸らさないようにしながらも、そっとまつ毛を伏せる。

「お前が選んだ不平等は、お前に生涯付きまとって、いつかはお前を殺す罰になるが——それでいい」

失った右足に【導枝】で義足をつくっている足先が、かつんと音を立てた。

「罰を受け続けて生きるお前は、清く正しく強い、悪人だ」

ここまでぼろぼろにされて、殺意にさらされた。出会った時から使い潰すつもりで利用していたと明かされた。裏切りに憤《いきどお》って、失望しては恨みを抱えるのが普通なのだ。

それなのに、ああ、ちくしょう。

メノウは、喉を震わせる。

認めるような台詞を掛けられるだけで、うれしくなってしまう。

「やめてくださいよ……未練が、湧きます」

「それが目的だからな」

なるほど、納得だ。

メノウは微笑む。導師《マスター》が大口を開けて笑う。

これが、最後だ。

メノウは精魂尽きかけている。いまほどの悪条件で戦ったことなどないかもしれないというほどだ。構えた短剣を定めることもできず、ふらりと切っ先が揺れた。

力を使い果たしているのは、導師《マスター》も同じだ。彼女は長年の相棒としていた教典を失っている。塩の大地で見せたような出力は望めない。それどころか、失った片足の補助で精一杯だ。体幹のバランスは崩れ、完全な止血には至らずに失血が続いている。

偶然ながらも、どん底まで落ち込んだ二人の戦力が釣り合っている。

星の輝くなか、しめやかな決闘が行われた。

派手な技の応酬などなかった。

言葉での駆け引きも、熱い感情のぶつかり合いも。

教典魔導も、短剣紋章も、導力迷彩も導力強化すらなく生身の二人が戦う。ここに至るまでの過程で、お互いにあらん限りの切り札を使った後だ。彼女たちが第一身分《ファウスト》の処刑人になって以来、もっとも弱い有様《ありさま》でしのぎを削る。

お互いに最後だと確信して、命を賭《と》しているにしてはあまりに静かに切り結ぶ。

星が瞬く世界で剣戟《けんげき》が重なる。

勝ちを確信しているわけではないのに、メノウには恐れはなかった。

二人きりで戦っていると、不思議と導師《マスター》への理解が深まっていく。

彼女の精神は悪でもなければ、善でもない。中道だ。合理的で、残酷でいながらも人間的である。導師《マスター》に比べれば、メノウはふらふらと蛇行した道を歩いている。

不安定で不誠実で、迷ってばかりのくせに前にだけは進んでいるそんな自分の人生を、刃に込めて叩きつける。

冷たい刃と殺意。

切りつけることしかできない二つで、なぜかメノウと導師《マスター》はつながっていた。

アカリとの導力接続とは根本的に違う相互理解。戦い、刃を交えた間柄にだけ存在する摩訶《まか》不思議な信頼感。溶け合う快感もない。安心感も、温かさも、優しさもない。

それでも、導師《マスター》と戦うたびにメノウは成長していった。

いまもそうだ。

刃を交わすことしかしていないのに、どうしてこんなにもわかり合えるのだろうか。

ほら、また。

二人の道が交錯する瞬間が訪れた。

吸い込まれる感覚で伸びたメノウの刺突が、導師《マスター》の胸に突き刺さる。

幻影でも、身代わりでもない、生身の確かな手ごたえ。

まるで初めて人を殺した時のように、体の芯《しん》からぶるりと震えた。

最後の力を振り絞ってか、導師《マスター》が腕を振る。首筋に迫る短剣をとっさに奪い取った。

導師《マスター》の右足代わりに支えていた【導枝】が消えた。大量出血と同時に倒れ込む動きに攻撃の意思はない。ただ死ぬしかない人間の虚脱だ。

膝から崩れ落ちた導師《マスター》の額が胸元に当たる。導師《マスター》の体を受け止めようとして、けれども腕は動かなかった。死にかけの導師《マスター》を前にしても、両腕をふさぐことができなかった。

立ち尽くすメノウの足元に命の温かさが染みて広がる。失った右足から、そしてメノウが突き刺した傷口から体外に流れる導師《マスター》の血液が、血だまりとなっていく。

「なんだ……こんな、ものか………」

迫りくる死を体感していながら、彼女の口から恐怖が吐露されることはなかった。命が抜けていく最中にあって拍子抜けしたとでも言いたげな声だ。

友人と思った女性を殺しても罪悪感に囚われることはなかったのと同じように、弟子とした後継に殺されても彼女の心に絶望はなかった。

忍びよる死の恐怖すら素通りさせる陽炎が揺らめいている。あらゆる死は、彼女に罰を与えることが出来なかった。

「なあ……『陽炎の後継《フレアアート》』………」

導師《マスター》『陽炎《フレア》』が、メノウという『陽炎の後継《フレアアート》』に語りかける。

「次、は……お前が、やれ…………」

敵になったメノウに託すために自分の最期《さいご》を使う。他人の命の消失に痛みを感じないように、彼女は自分の命が消えることにも恐れを抱かない。なにせ彼女は戦う前、自分が負けた時のことを考えてメノウの問答に真摯に付き合った。

自分とは違う自分の次がここで生まれることを知っているからこそ、死を前にしても罪に対する罰が『陽炎《フレア》』を苦しめることはなかった。

託すのは、希望ではない。

呪いを告げられた。

「『主』を……殺せ」

魔導などなくとも、導力など解さずとも、人の心に楔《くさび》を打ち込める。彼女は自身の命を使って、メノウに道を示したのだ。

幼い頃に、メノウが処刑人になると宣言した時に、彼女はやめろと言った。

そういえば、なんで導師《マスター》はあの時、メノウを突き放したのだろうか。

結果としてメノウは処刑人となったけれど、もしあの時にメノウが普通になる道を選んだら、どうするつもりだったのだろうか。

利用するつもりだった。使い潰すつもりだった。彼女の話に嘘はなく、直前まで導師《マスター》の思い通りにことが運んだ。

それでも導師《マスター》は、メノウに選択をする余地を残してくれた。

一度はメノウを突き放した導師《マスター》が、背中を押す。

「それが……お前の、救いに、なりえる…………」

お前の道は、まだ続くと。

導師《マスター》が腕を上げる。まだなにかしようとしているのだろうか。メノウの肩より低い高さで手がさまよう。

空ぶった自分の手に、導師《マスター》は目を細めた。

大きく口を開けて末期の息を漏《も》らす。

「ああ、そう、か……くはっ……思い通りに、ならないわけだ」

死にゆく者のか細い呼吸が、メノウの耳に届く。

力を失った導師《マスター》の指が、神官服の胸元《むなもと》を止めていたバックルに引っかかる。ぱちん、と音がして外れた。白い帯とともに第一身分《ファウスト》のシンボルマークを胸元に示す金属が落下し、地面を跳ねる。

いまさら拾う気も湧かずに目で追ってから、不意に導師《マスター》の手の高さの意味に気がついた。

旅をしていた時のメノウの身長は、ちょうど、神官服の胸元を止めるバックルと同じくらいの高さだった。

たまらなく胸が締め付けられた。動かなかった腕が、やっと動いた。幼子がしがみつくように、ぎゅうっと導師《マスター》を支えるために腕に力を入れる。

「じゃあ、な……めのう………」

それが、最期だった。

もう、彼女の鼓動は聞こえない。

死んだのだ。

メノウには弱さを一度として見せることなく。

最後まで天からすらも罰を受けることなく。

伝説の処刑人、導師《マスター》『陽炎《フレア》』は、その生涯に幕を下ろした。


すべてが終わった墓地で、メノウは短剣を地面に突き刺した。

自分のものではない。導師《マスター》が使っていた短剣だ。

突き刺した短剣の柄を踏みつけにして、少しの休憩で回復したなけなしの導力を短剣に通す。

『導力：接続――短剣・紋章――発動【導枝】』

無事に発動した紋章【導枝】を伸ばし、地面を探らせる。初めて発動させた紋章だ。操作にコツは必要だったが、メノウは持ち前の導力技術でコントロールする。

さほど時間はかからず、目標物に行き当たった。

アカリだ。

予想通り地面に埋まっている。導師《マスター》も【導枝】を使ってアカリを、石碑の下に埋めたのだろう。メノウは導力の枝をアカリの全身に巻き付けて引き上げ、彼女を掘り出した。

時間停止がかかっているためか、地面に埋まりながらもほとんど汚れはなかった。軽く払えば、簡単に土が落ちていく。何度も抱き着かれたこともあってよく知っている温かさもやわらかさも、いまはない。触れても返ってくるのは硬く、冷たい感触ばかりだ。

いまのアカリは、胸に刺さる塩の刃を鍵にした時間の柩《ひつぎ》の中にいる。

事情を知らない人間が見れば、目を開けて固まっているアカリの姿は死体にしか見えない。

それほどに生気が感じられないのだ。

けれどもメノウには感じられる。

アカリと魂からつながっている。メノウにしか感じられない鼓動が彼女の内にある。

生きているのだ。

うずくまった姿勢で固まっているアカリの顔に手を当てる。いまのアカリに導力接続で記憶を受け渡しても、片端から消費させられるだけだ。

地面には、アカリが入っていた穴が残る。

メノウは入れ替わりに導師《マスター》の遺体を置いた。

穴を、埋めていく。

人を埋める深さの穴をもとに戻すのは、予想以上に手間がかかる。無心で作業をしながら、遠目に見える懐かしの修道院に思いを馳せる。

中庭。講堂。共同の寝室。訓練場。ここからは見えないすべてに思い出がある。

人気《ひとけ》は一切ない。聖地の復興作業の影響で人員がほとんど出払っている。最低限の人員すらも残っていないのは、もしかしたら事前に導師《マスター》がなにかを通達したのかもしれない。まだ裏切りが明るみに出ていない以上、修道院の統括者であった彼女には人員を動かす権限があったはずだ。

逃亡生活に入って一番警戒しなくてはならないのは、第一身分《ファウスト》の中でも処刑人か異端審問官だ。あそこから、いつかはメノウを殺す処刑人が育つかもしれない。

「それはそれ、ね」

感傷に浸っていた自分を自覚して、微苦笑が口元を彩った。

自分の生まれを知って、故郷なんてないと思っていた。

けれども違った。

そこにある修道院こそが、メノウの故郷だった。

導師《マスター》の亡骸を埋め終えたメノウは、一本の紙巻煙草を手元で遊ばせていた。遺体から短剣の鞘《さや》を引き抜いた時に、気がついた。煙草が一本、お守りのように備え付けてあったのだ。

たまに導師《マスター》が吸っていたのと同じ煙草だ。

一人、くわえてみる。

紙の感触が唇に伝わる。変な感覚だ。

一イン硬貨を取り出して指先に乗せる。

『導力：接続――一イン硬貨・紋章――発動【発火】』

硬貨の中心から、ぽっと小指の先ほどの火が発生する。唇にわずかな熱気を感じながら、くわえた煙草の先に近づけるが焦《こ》がすばかりで火が移らない。

なんでうまく火が点《つ》かないのか。眉間に皺《しわ》を寄せながら何度かやっているうちに、偶然、息を吸ったタイミングで点火した。

息を吸うか吐くかしないと火が点かないらしい。初めて知った仕組みに感心しながら、煙を吸ってみる。

「う⁉」

喉《のど》を通った時点でもうダメだった。

メノウの健康的でやわらかい喉を、煙がいがいがと突き刺す。慣れない刺激にむせかえった。

こほんけほん、とせき込む。

「……まっず」

なんだこれ。なにがよくて、こんなものを吸う人間がいるのか。臭い、まずい、体に悪い。口に入れるのには最悪な要素が三点揃っているくせに、発生する煙にはプラスになるものがないのだ。

二度と、吸うものか。口には出さずとも、心の中であらん限りの罵倒を並べる。

もし、いいことがあるとすれば一つ。

涙がこぼれるくらい、目に染みるくらいだ。

一人で泣くのに、理由が必要な時もある。静かな星空のもとで一人、メノウは慣れない煙草を一本、無理やり吸い続ける。

灰とともに、雫が落ちる。

地面に落ちたのは、どちらのほうが多かったのか。

やがて唇に熱を感じるほど、煙草の火が迫る。メノウは短くなった煙草を指でつまみ、火の点いた先端を開いた教典に押し付ける。紙面に焦げ目が広がり、やがて、発火した。

燃え始めた教典を目の前の石碑の上に置く。小さな炎が、メノウの顔を照らして頬を温める。

金属部分だけ燃え残った教典が灰になれば、等間隔で並ぶ共通した石碑の一つが、少しだけ熱で色を変えていた。

この下に、導師《マスター》は埋まっている。

メノウは夜空を見上げる。

この空の下、導師《マスター》とはつながらずとも、メノウは彼女が生きていることを疑ったことはない。

自分を育てた伝説は、世界のどこかに常にいた。

けれども、メノウの間違いを断罪してくれる存在は、もういない。

メノウは自分の罪を自分で抱え続けることしかできないのだ。

「導師《マスター》……」

別れを言うかどうかためらって、導師《マスター》のしかめ面が見えた気がした。

もし情感たっぷりに別れを口に出せば、導師《マスター》は全力で嫌がる。自分の中に導師《マスター》の心が残っていることを自覚して、自然と不敵な笑みが出た。

嫌がるなら、言ってやろう。

「さようなら」

いまあるメノウのすべてを込めた声が、夜に響いて石碑に染みた。

別れは済ませた。時間があるうちにやらねばならないことは多い。

だからもう一人。

メノウにとっても大事な、かわいい後輩に別れを告げなければいけなかった。


モモは大聖堂の一室に閉じ込められていた。

モモを閉じ込めたのはフーズヤードだ。なにをどうしてそう勘違いをしたのか、モモが彼女を襲ったのを『竜害』を見て取り乱しての凶行に及んだと解釈したらしい。モモを落ち着かせるためにと、再構成された大聖堂に叩き込んだのだ。

閉じ込められているといっても、いまの大聖堂に人員は一人も割かれていない。出入り口のない建物にモモ一人で留守番をさせられているようなものだ。

フーズヤードは『竜害』を発生させたのがモモだとはちっとも思っていないようだ。彼女からすれば、『竜害』はあくまで導力列車の事故が原因だと認識しているため、人為的な事件だったという発想がなかった。

そうして雑に閉じ込められた大聖堂の中でモモは一人、ぶすっと不機嫌を丸出しにしていた。

フーズヤードに不覚を取ったのも腹立たしいが、メノウの状況がつかめていないのが気分を最悪なものとしていた。

大聖堂の中にある長距離転移を発動させるための古代遺物『龍門』は壊れていた。残った残骸でも短距離転移は可能で大聖堂の出入りはできたのだが、超長距離の転移ができるほど修復するのは不可能だとフーズヤードは真っ青になっていた。

真っ青になったのはモモも同じだが、彼女の心配はメノウの安否に集中していた。

まさか、転移した先に取り残されたのではないのか。だとすれば、どうやっても帰ってこられないほどに遠方にいる。崩れ去った駅ホーム『龍門』の残骸を前に、メノウの居場所をどうにかつかめないだろうかとモモが頭をひねっていると、目線の先で導力光が発生した。

立ち上る光の扉は『龍門』の転移起動の前兆だ。フーズヤードだったらこの苛立ちを叩きつけてやると凶眼になったモモは、やってきた人物の姿を見て、ころっと表情を輝かせた。

「先輩！」

快哉の声を上げた。

探し求めていた人物の登場とあって、一瞬前までとは同一人物とは思えない表情でメノウに飛びつく。

「無事でよかったですぅ！　でもどうやってここにー？」

「【時】の純粋概念に触れてたせいか、短距離転移の『龍門』の魔導構成が簡単に理解できたのよ」

「そうなんですねぇ！　導師《マスター》とは、どうなったんですかー？」

「導師《マスター》は死んだわ」

「え」

モモが絶句した。メノウは彼女の顔を見て、再度、疑いの余地もなくはっきりと告げた。

「私が、殺した」

無形の衝撃がモモの心を打った。

導師《マスター》『陽炎《フレア》』の死に、なによりもメノウが殺したという報告に意外なほどに心が揺れた。しばし押し黙り、事実を飲みこんだモモは詰まっていた息を喉から吐き出す。

「そう、ですか」

モモは決然と顔を上げる。

「なら、モモも先輩についていきます」

アカリのためにメノウが第一身分《ファウスト》から出奔《しゅっぽん》するというのならば、モモはメノウのためについていく。

第一身分《ファウスト》を裏切ることに迷いはなかった。そもそもモモはメノウのために神官補佐になったのだ。

だがメノウは静かに首を横に振った。

「ダメよ。モモには頼みたいことが二つ、あるの」

「頼みたいこと……？」

いぶかし気にメノウのセリフを反復してから、直感がモモの脳裏を貫いた。

モモはとっさに視線を巡らせる。アカリの姿がない。業腹なことだが、メノウはアカリを助けるために動いていた。導師《マスター》に勝ったというなら、メノウの近くにあのやかましい少女がいてしかるべきである。

そのアカリが、いない。

矛盾する状況を見て、モモはメノウの頼みごとの内容を悟った。

ダメだ。

「い、嫌です」

モモはとっさに首を横に振った。なにかを言われる前に先回りで断った。

そんなお願いごとは聞けない。聞けないのだから、聞いてはいけない。

「わかってる。他にこんなことを頼めるのは、モモ以外にいないの」

「やっ、嫌ですぅ……！」

モモは必死に首を振った。メノウに対して、生まれて初めて恐怖を覚えていた。幼い日に戻った心地で拒否をする。

なのに、メノウが一歩、距離を詰める。

「モモ」

やさしく、名前を呼ばれた。

びくりとモモの体が震えた。次の一言がわかっているからこそ、自分が逃れられないと知っているからこそ、涙がにじんでくるほど震えてしまう。

「お願い」

声に詰まった。

怖くも、強くも、冷たくもない。ただの優しい一言だ。

それなのに、なんてひどい一言だろうか。こんなに卑怯な言葉はない。どうしようもなく、すごくすごく卑劣だ。

この先輩は、よりにもよって自分に、トキトウ・アカリのことを任せる気なのだ。

モモが断れないことを知って、頼んでいるのだ。

「私は、あなたにしか頼めないの」

メノウに必要とされている。

モモはそれだけでメノウのすべてを拒否することができないのだから。

「先輩……」

「うん」

「先輩は、ひどいです」

「ごめんね」

「……もっと、謝ってください」

「本当に、ごめん」

「…………全身全霊の謝罪を要求します」

モモは、ぎゅうっとしがみつく。不貞腐《ふてくさ》れた子供の顔を、メノウの肌にうずめる。

メノウが、優しくモモの髪を撫でて指ですく。

「悪い先輩で、ごめん」

「ほんとですよ。……次は、ほめてください」

「それは楽ね。モモは最高の後輩よ」

「……それだけですか?」

「まさか。かわいい後輩で、強い補佐官で、一番信頼してるわ。いつも、ありがとう」

「…………他には?」

「大好きよ、モモ」

よし。

モモは顔を上げる。

いまので全部、メノウのひどい頼みごとは許した。やはりメノウの笑顔は自分を底なしに

チョロくさせる。際限なく都合のいい奴になっている自覚はある。

けど、しかたない。

メノウのきれいな髪に黒いリボンを結んだ時、初めて生まれた彼女の笑みに誓ったのだ。

自分は、メノウのために生きることを。

だからモモは、彼女のためだったらなんでもするのだ。

まだ笑顔が戻るレベルではないが、それでもモモは前向きな方向に質問をする。

「先輩は、どうするんですか？」

「詳しくは言えないわ」

情報の共有は危険を生む可能性がある。だからメノウは、逃亡の同行者が誰なのか、どの方向に逃亡するのかは告げなかった。

それでも、目的だけははっきりと断言する。

「『主』を殺す。そのための準備を積んでいくわ」

「頼みごとのもう一つは、なんですか？　モモは先輩のことが大好きなので、先輩のお願いだったらなぁーんでも言うことを聞きます」

「あら、ありがとう。やっぱりモモは、最高の後輩ね」

ほほ笑みながらメノウが頭を撫でて、モモは不貞腐れながらも先輩の手を受け入れる。

二人とも、幼き修道院の日々を思い出しながら互いの絆を感じ合う。

「それで、もう一つの頼み事っていうのはね――」

彼女が彼女を殺す旅は、終わってなどいない。

いま、ようやく始まったのだ。

導師《マスター》『陽炎《フレア》』が不可能と諦《あきら》めて途絶えた道の先を、メノウは歩き始めた。

Epilogue
エピローグ

手を伸ばせば己《おのれ》の指先も見失う濃霧の中で、彼女は血肉の海に浮かんでいた。

ここ数百年、足場にしていたお気に入りの一体はいなくなっている。だから幼い少女の姿をした怪物は、仰向《あおむ》けになって血肉の海に浮いていた。

あともう少し。ほんの一押し。手に届くところに、自由があった。大地に足をつけることができた。海を血で染められた。空を万魔で埋めつくせた。

「興ざめだわ」

冷めた声は、魔物が食い合う音にかき消される。

広く広い霧の中。かつて南方諸島連合と呼ばれていた国家を丸ごと覆《おお》う莫大《ばくだい》な白露に囚《とら》われながらも、彼女は霧から切り離した自分の一体との接続が絶たれたことを把握していた。

世界に自分が放たれるなら、小指の一本が人に戻ろうが気にしない。

だが、いま外に出られるのがその小指一本だけとなれば話は別だ。

「よくないわ。とってもよくない。あたしが目的を持つだなんて、ねえ?」

「まったくだわ!」

賛同の声が上がった。

まったく同じ容姿をした幼女だ。あらゆる背景を無視すれば、双子の会話に見える。違う点があるとすれば、話しかけたほうの指が欠けていることだろう。自分の指を使って、肉人形の分身をつくっているのだ。

「追いかけましょう」

「追い詰めましょう」

「追い込みましょう」

薬指、中指、人差し指、親指と五指のすべてがなくなって、口々に述べた先から、血肉の海に浮かんでは霧の重みに耐えかねて潰《つぶ》れていく。ただの指人形が動き続けるには、過酷な環境だ。

見るからに奇妙な一人遊びだ。霧に包まれ、魔物を閉じ込め続けるこの場所で会話をする意味などない。すべての人形は潰された先から、幼女の指に戻っていく。

最初から意見は一致していた。そもそも意見などなく、すべてが彼女の指人形でのお遊びでしかないのだ。

欠けているのは、小指だけ。

万魔殿《パンデモニウム》は霧にある、わずかな亀裂を見つめる。万全の結界に入った亀裂は大きく広がりながらも、霧は彼女の身にまとわりついて離れない。あとほんの一押しで消え去りそうなのに、その一押しが足りていない。

「まだまだね」

千年の霧はまだ晴れない。幾億千万が食い合う蠱毒《こどく》は終わらない。たかが小指一本が正気を取り戻したところで、常世に蔓延《はびこ》る彼女を止められる道理はない。

永遠などないことを、概念の体現者と化した彼女はよくよく知っている。

「【白】の忍耐は、いつまで持つかしら」

この霧ですら、いつかはなくなることを疑っていない。

己が解き放たれることを思って、万魔の主は無垢《むく》に笑った。

つくり物の世界を巡る白夜は、地平に転がり落ちる寸前だ。

昼も夜もない時間の閉じた世界は、もう少しで初めての夜を迎えるところだった。

だが、白い太陽はあと少しというところで持ちこたえた。

原色概念でできた世界の中、意思なき魔導人形が定められたルーチンを繰り返す。こともなく営まれる『絡繰《からく》り世《よ》』の中心部に、例外の個体が集まっていた。

「まったくよー。夜が明けるっても、外の世界と関《かか》わってもいいことなんかねえんだから、結論なんて決まってるだろうが」

例外の一体である狼《おおかみ》は、中心区域である一区へ向けて四本足を進めていた。

美しい青い毛並みを持つ狼は生物ではない。硬質な質感を隠そうともしていない。魔導兵だ。

しかし魔導兵でありながらも、原色概念の繰り手に囚われていなかった。

模倣と擬態の段階を超えて自我の獲得に至った、鉱石生命体。

三原色の魔導兵。

彼のみならず、『絡繰り世』にいる中でも高位の魔導兵が中心にある校舎に集まっていた。

『絡繰り世』全体として今後の方針を決めるための区長会議が執り行われるのだ。

それが狼にとってみれば、憂鬱極《ゆううつきわ》まりなかった。

実のところ、自我を持った魔導兵というのは基本的に仲が悪い。元は同じ【器】からできたというのに、三つの色の塩梅《あんばい》で性質が変化するため十三に分けられた区ごとで文化と思想の発展が著しく異なるのだ。

「我らがお父母さまは、もうアレ恨み言呟《つぶや》き装置じゃん。他の区長とは分裂しすぎたし、人類となんてもっと話合わないし？　俺《おれ》たちが生まれた時から閉じてる世界が開かれても、逆に困るんだよね。だからこその新天地計画だけどさぁ……全員は乗れないでしょ、あれ。どーすんだろ」

青狼は同意を得るために振り返った。

静かすぎて不審だという心もあった。いつもはスーパーやかましい存在のくせして、粛々《しゅくしゅく》としすぎである。もしや会議を前にした精神負荷で思考回路にバグでも発生したかと心配になったのだ。

そこには、目当ての魔導兵はいなかった。

代わりに、明らかに即席で作ったとわかる箱型の音声導器が置いてある。

『お外で生まれた子が心配。お姉ちゃんはみんなのお姉ちゃんだったけど、今日から少しの間、お外で生まれた子のお姉ちゃんになるね？　探さないでください。一区で集まる年長の兄姉どもはジィ君がスクラップにするのが義務だから、ガンバッテ！』

自立思考を持たない魔導具が封入された音声を再生する。伝言だけ残して逃げやがったことに気がついた狼は、全身を震わせる。

「あのクソバカ姉がぁ！　俺に押し付けやがったな⁉」

巨大な青狼の遠吠えが、つくりものの世界に響いた。

＊＊＊

支給された神官服に、まず裁断ばさみを入れた。

モモの感性からすると、神官服のデザインは堅苦しい。特にスカート部分は顕著だ。基本的に内勤向けにデザインされているため、純粋に足回りがよくないという欠点もある。ある程度の改造は黙認されているので、ためらいなくハサミを動かしてほつれを処理し、布地を足しては針と糸を通して裁縫でスカートの裾《すそ》にフリルをつくっていく。

神官服の改造はメノウの補佐になるために白服を受け取った時に、一度こなしている作業だ。【障壁】紋章に干渉しない改造方法がわかっているため、悩むことはなかった。

モモの裁縫の腕は熟練工の域にある。ミシンを使わずとも、出来上がりまで三時間もかからなかった。

モモは改造を終えた神官服を着用して、姿見の前に立つ。

おかしな点がないか、身体をひねりながらチェックをしていると、ノックの音が響いた。

「どーぞ」

「はーい！　って、あれ？」

お気楽な口調で入室してきたのは、フーズヤードだ。彼女はモモの姿を見て喝采《かっさい》する。

「わっ！　似合ってるよ、モモちゃんさん」

まずは見たままに褒めてから、思案顔に変わる。

「でも支給されて即改造するのはどうかな。あんまりいい顔はされないと思うよ？」

「お偉いさんの顔色なんて、どーでもいいです。私にとって、服装にはかわいい以上に大切な要素はないんですから」

忠告をあっさりと受け流す。

フーズヤードは苦笑した。そして改めて、モモの着ている神官服の色を祝福する。

「白服もよかったけど、藍色も映えるね。モモちゃんさん、改めて正式に神官になって、おめでとう!」

「ええ。どーいたしまして」

聖地での騒動から、およそ一か月。モモは正式な神官として認定された。

事件直後のモモは軽い聞き取り調査の後にすぐ解放された。お人よしのフーズヤードがモモの無実を主張していたとはいえ、あまりにも手ぬるく終わった尋問には理由がある。

実のところ、公式の記録としてモモがメノウの補佐官であるという記録は残っていない。

正式な記録として残るモモの経歴は、白服となって巡礼神官となり、聖地に戻ってきたところをエルカミに見出され、フーズヤードの補佐をしていた、というものだ。

処刑人は第一身分《ファウスト》の暗部だ。誰もが目にできる公文書に活動記録を残すことはない。

もちろん導師《マスター》が統括していた修道院には記録があるのだが、メノウが事前にすべてを焼き払った。この行動自体はメノウが逃亡する際に自分の記録を抹消するものと判断されたが、真意はモモの経歴を白紙にすることにあった。

処刑人の補佐であったモモは、真っさらな経歴を手にした。正式な神官としての認可を受けるべく偏っていた教典魔導を習得し直し、一か月で藍色の神官服をまとえる真っ当な神官となった。

メノウが指名手配された時に、モモは第一身分《ファウスト》の内部に残ることを決めた。内部に協力者がいるほうが、メノウに貢献できるからだ。メノウがいなければ補佐としての立場は必要ないのでより自由度の高い立場になった。

それは、もう一つの頼まれごとのためでもある。

「少し前から準備してたけど、モモちゃんさんは巡礼神官に戻るの？」

「……ですね。私を取り立ててくれたエルカミ大司教も、もういないですしね」

モモにとっては都合のいいことでしかないが、エルカミは行方不明になった。誰があれほどの魔導行使者に害をなせたのかと首を傾《かし》げる事態に、まだ聖地のざわめきはおさまっていない。

「そっかぁ……あ、荷物入れはわたしが作ったのを使ってくれてるんだね」

「そりゃ、そのために造らせたんですよ」

「あはは……」

聖地を出ることを決めていたモモは、導器製作の技師でもあるフーズヤードに旅荷物を入れるためのケースを作らせていた。小柄なモモの腰ほどの、車輪が付いているキャリーケースだ。頑丈に作ってあるので、モモが武器にしている糸鋸《いとのこ》と組み合わせれば面白い使い方もできる。

「でもなんでキャリーケースの材料を導力遮断の素材にしたの？」

旅行具を紋章具にするのは巡礼神官にはままあるが、わざわざ外枠に導力を遮断する素材を指定するのは珍しい。地脈の流れをいじる際には導力を遮断する素材も必要だからこそフーズヤードの知識と技術の範疇《はんちゅう》だったが、並みの技師なら請け負えない恐れすらある注文だ。

モモはこともなさげに答える。

「お前みたいに、導力でのぞき見できる奴がいることを知ったからですね」

「うぐっ。……え、えっと、ちなみに私は部署転換だよ。モモちゃんさんとは、お別れだね」

「そーですか。聞いてないですし興味ないです」

手痛い返答に話を逸らす。復興作業でうやむやになっていた彼女の立ち位置も固まったらしい。大聖堂の『龍門』が壊されてしまったために、フーズヤードは聖地での役職を失った。

「それじゃ、失礼します。お前に閉じ込められた恨み、絶対に忘れませんから」

「あはは……え、その本気の目はやめて？」

フーズヤードに見送られ、モモは外に出る。聖地の白い街並みを抜けて、巡礼路を歩く。しばらく進んで、立ち止まった。来る時はアーシュナを待ち伏せするために登った木だ。疲れてはいなかったが、休憩するために真っ白なキャリーケースに腰掛ける。

メノウが生き方を変えることを決意した夜、モモに伝えていたことがあった。

――ねえ、モモ。どうして異世界人を問答無用で殺すなんてことができると思う？

――危ないからじゃないんですかぁ？　異世界人は危険な存在ですぅ。リスクを排除するのが間違っているとは、思えませんー。

モモの答えに、メノウは首を横に振る。

――彼らの家族が、この世界にいないからよ。

異世界人の人権がないものとして扱われている理由を、はっきりと告げる。

――この世界に来たばかりの『迷い人』は、誰《だれ》ともなんのつながりもない。だから彼らが殺されても探そうとする人はない。彼らがいなくなったことを悲しむ人もいない。わかる？　本質的な部分でね、『迷い人』は弱者なの。

メノウは罪を犯した。この世界に来たばかりの異世界人を何人も殺し続けたという罪だ。

メノウは加害者であり、彼らは被害者なのだ。

――人災《ヒューマン・エラー》は討滅すべき存在よ。でもね、この世界に来る『迷い人』は、異世界人だから悪いわけじゃないわ。この世界に来る人たちが、殺されてしかるべきなんてことは、ないの。

――わかりますけどぉ……なんでモモに言うんですかー？

――モモがまだ、彼らを一人も殺してないから。

白服を受け取ったとき、モモはすぐにメノウの補佐となるべく彼女の元にはせ参じた。神官になる理由が『メノウのため』以外に存在しなかった。

そしてメノウは、モモに多くの仕事を任せることはあっても唯一、異世界人の殺害だけはやらせなかった。

――モモは、異世界人の尊厳に触れてないわ。彼らがあなたを裁く理由が、一つもないの。

でも、と訴えた。自分だってきれいな手をしているわけではない。白手袋をはめた両手を広げてメノウと罪を共有しようとした。

魔物やテロリストといった純粋に害になる者だけではない。使命感や命令に従っただけの騎士を戦闘の末に殺害したこともあれば、そこら辺の大した害もないチンピラに拷問まがいの尋問をすることもある。

——彼らと異世界人とは、まったく別だもの。

けれどもメノウは、モモに自分の罪悪感を切り分ける真似《まね》をしなかった。

——次に、なんの罪も犯していない『迷い人』が現れたら手を引いてあげられるのは、モモだけよ。

それはメノウが、自分では決してできないと諦《あきら》めた道を託した言葉だ。

納得はできなかった。モモにとって一番重要なのは常にメノウだからだ。大好きな先輩の頼みだとはいえ、メノウのためにならないお願い事を聞く意味がない。

それでも引き受けたのは、やっぱりメノウのためだった。

周囲に人目がないことを確認してから、座っている箱を踵《かかと》で軽く蹴る。

「……お前と一緒に歩いてるって思えないくらい、静かですね」

一人旅に出たモモは、キャリーケースの中に入っている人物——停止したアカリに語りかけた。この一か月間、メノウから聞いた存在『主』は確たる動向を見せなかった。メノウからアカリの体が安置されていた場所を伝えられたモモは、旅立つ直前に荷物を入れ替えたのだ。

「先輩から頼まれたんですから、相手が誰だろうと守ってやりますよ」

大好きな先輩のお願いごとを叶えるため、世界を変えるため。

モモはモモなりの旅を始めた。


モモを見送ったフーズヤードは、ぐうっと一伸びした。

今日は部署替えだ。辞令内容は呼び出された部屋で知らされるらしい。フーズヤードの他、後輩が一人配属されるということだけは事前に聞いていた。

今度の同僚は、モモよりは少し年上で、十代後半の白服神官らしい。

「モモちゃんさんとはなんだかんだで仲よくなれたけど、次の子はどうかな」

期待と不安を半々にして、呼び出された場所へ向かう。

フーズヤードとしては、正直、『龍門』のない聖地には魅力を感じない。モモと同じく聖地所属を辞して巡礼神官となり、各地を旅しなおすのもよかったのだが、問題がひとつ。

「あの壊れた駅を放置したら、エルカミ大司教、絶対に激怒するよね……」

上司への恐怖がフーズヤードを聖地に引き止めていた。

大司教のエルカミは行方知れずになり、第一身分《ファウスト》内では死亡説すらささやかれている。だが、フーズヤードはエルカミの生存を疑っていなかった。

あれほど完全な【力】が世界から消えることが、想像できない。

きっとエルカミが戻ってきたら、また怒られるのだろうとげんなりしながら、呼び出された一室に入る。

「こんにちはーっ、はじめ……まし、て？」

室内には、十代後半に見える茶色髪の少女がいた。

強さとしなやかさを感じさせる顔立ちだ。気難しい性格なのは、厳しい表情をした鋭い目つきでわからされる。真面目そうというべきか、厳格さを全身から発しているというべきか。

きっちりとした美人なのだが、硬い態度は内面のもろさを隠そうとしている裏返しにも見えるため、アンバランスな印象を受ける。

彼女の姿に、既視感を抱いた。

フーズヤードは反射的に自分のメガネに刻んである紋章魔導を発動する。

『導力：接続――眼鏡・紋章――発動【導視】』

レンズを通して視えた【力】は、奇跡だった。

人であって人にない完全に等しい導力の巡りには、見覚えがある。

「あのぅ……エルカミ大司教のご親族だったりします？」

自己紹介も忘れて語りかけると、少女は不愉快そうに眉間にしわを寄せた。そんな仕草まで、どこか似ている。

「エルカミ……ミカエルのアナグラムか。なるほど、ハクアさまのおっしゃる通り――」

「あ、やっぱり知ってるの？」

「黙れ。第一身分《ファウスト》に、身寄りがいるとでも？　くだらぬ質問を私にするな。不愉快だ」

「あ、う、ぅ……え、えへへ。ごめんなさい」

圧が強い。自分が先輩のはずなのだが、フーズヤードは相手の言動の強さに愛想笑いを浮かべて謝っていた。

第一身分《ファウスト》は縁故による悪習を防ぐために、身寄りのない女児から魔導適性のある者を引き取って育成している。孤児である人間の身元を探るのはセンシティブなことに触れかねない質問だった。

それでもそんなに怒らなくてもと身をすくめながら、フーズヤードはちらちらと相手の導力を確認する。

本当にエルカミではないのか。改めて見ても、少女と老女の肉体的な差はあれど導力の経路が同一だ。年齢が離れすぎているために同一人物のはずがないのに、【力】の観点からすると同じにしか見えないのがフーズヤードの混乱を誘っていた。

「私は勇者さ――……『主』にお仕えするために神官になった。傍《そば》に侍《はべ》るために、すぐさま階位を上げてお役に立つつもりだ」

「うわ、熱心だね」

「当然だ。御方にはご恩があるからな。貴様がどの程度か知らんが、足を引っ張るなよ」

「ご恩?」

まるで『主』に直接会ったことがあるかのような物言いに、首を傾げる。教典に書かれた『主』は実在の人物とされているが、存命していたのは千年前だ。

フーズヤードの疑問符に、少女は失言したとばかりに舌打ちした。

「なんでもない。さっさと忘れろ」

「そ、そう? それで、えっと……」

「私のことは、ミシェルとでも呼べ」

「わかった、ミシェルちゃん。それで、私たちの次の配属ってどこ?」

「そんなことも知らないのか?」

質問に鼻を鳴らして返された。

とてもナメられている気がするが、自分が威厳とはほど遠いことを自覚している上にモモの時で慣れたフーズヤードは相手の態度をあっさり受け入れスルーした。

「『主』の敷いた法のもとで罪を裁く正義──異端審問官だ」

これっぽっちも興味もない役職に、やたらと真面目でやる気をみなぎらせている前の上司そっくりの後輩。

ミスマッチの現場すぎると、フーズヤードは内心でさめざめと嘆いた。

大陸北部。

まだ雪がちらつく季節ではないが、肌寒い風が吹き始めている。一年の半分以上を占める冬の季節の気配が近づいている。

毎年訪れる厳しい冬を乗り越えて生活を営む街の片隅で、隠れるようにして稼働している魔導工房がある。

人間の生活圏で、導力を利用して作動する導器の需要は高い。凶器となるような紋章具は第一身分《ファウスト》により大きな規制がかかっているが、魔導操作の技能を必要とせず、スイッチのオンオフで稼働する生活必需品レベルでは様々な導器が普及している。

照明、炊事、水道設備にと人の生活を支える導器もメンテナンスが必須だ。需要に応えるべく魔導知識を得た専門職人は高給取りとして知られている。

そしてあまり知られていない事実だが、彼ら職人を切実に必要とするのは、普通に生きる人々よりも、第一身分《ファウスト》や第二身分《ノブレス》の目をかいくぐる必要のある人種だ。

当然、多くの良識ある職人は脛《すね》に傷を持つ人間と関わることはない。そんな危ない橋を渡らずとも、多くの第三身分《コモンズ》の市民から求められる立場にいる。

だが、少数の職人は裏稼業の人間との取引に手を染める。

金のために、あるいは第二身分《ノブレス》や第一身分《ファウスト》への反発から、そして——第三身分《コモンズ》の立場では届かぬ知識と技術を求めるあまり、禁忌という領域にまで走る。

この工房は表向きでは導力灯の売買などをしながらも、後ろ暗い人間から紋章具の調整を請け負っている。

治安維持を任された騎士や技術規制を敷く神官の目をかいくぐっている裏稼業の人種ご用達の工房に、一人の少女が訪れていた。

面相にも服装にも特徴はない。一見すれば女冒険者の一人といった風情《ふぜい》ではあるのだが、よくよく見れば抜き身の鋭さを秘めていることに気が付くだろう。軽々しく触れただけで切り裂かれてしまいそうな印象がある。

彼女は数日前に、武器の調整のため短剣を預けにきたのだ。

「できてる?」

「……ああ」

言葉少ない応答。己の武器を返却された少女は、二本の短剣の刀身を確かめる。

丁寧に導力を流し、紋章の発動に瑕疵《かし》がないかを確認する。何気ない導力操作が、恐ろしく滑らかだ。男は目の前の少女が自分では推し量れない実力を持っていることを悟りつつも、湧き出る好奇心を封殺するために口をつぐむ。

満足する出来だったのか、少女は短剣を納める。

「ありがとう。いい仕事ね」

「……研いだだけだからな」

「意外といないのよ。紋章を損なわないで武器を研げる技師って」

礼とともに払われた料金を受け取りながら、男は自分の仕事を思い出す。

少女から預けられたのは、ただの短剣ではなかった。

魔導の発動媒体である紋章を刻んだ、俗に紋章剣と呼ばれる類《たぐい》の武器だ。

武器としての形状を保ちながら実用性の威力がある紋章を刻むのは高度な技術がなければ不可能だ。素材の組み合わせと導力回路の構成を加味して魔導紋章を成立させながら、短剣としての実用性を保たせる。複合的な専門知識と高い技術が必須となる。

少女が預けたものほど高度な紋章が刻まれた武器となれば、第三身分《コモンズ》では滅多なことがなければ手に入らない。町中での帯剣が許された第二身分《ノブレス》の騎士ですら、長剣の大きさで紋章を一つ刻む技術が限界だ。それ以上は、国宝級の秘蔵品になる。

実用性のある片手武器に二つ以上の紋章を刻めるなど、第一身分《ファウスト》の神官以外にありえない。

だが、まっとうな神官がこんな後ろ暗い場所など利用するはずもない。神官たちは内部で魔導技師を育成して抱え込んでいる。

第一身分《ファウスト》に所属しているのならば、武器の整備は教会に預ければいいのだ。

無意識のうちに探る視線になった男の疑念に気がついたのか、ふっと少女の唇がほころぶ。

「知りたい？」

知りたいはずもない。

無言で首を横に振る。

客の詮索《せんさく》をしないのが暗黙の了解だ。もし心当たり通りだったのならば、彼女の正体はあまりに恐ろしすぎる。

本来ならば決して関わりを持ちたくなどないが、男は技術者の一人として教会謹製の紋章具の技術に触れたい欲求を抑《おさ》えられなかった。依頼者の素性の危険性に目をつぶって後悔はない程度に、技術的好奇心は満たされる仕事だった。

「そう。やっぱり、いい店だわ。お礼に、二度と来ないでおくわね」

「……助かる」

男がぼそりと発した感謝に、少女は穏やかに微笑《ほほえ》んで立ち去った。

彼女の背中を無言で見送る。男も後ろ暗い立ち位置にいる人間だ。日常的に裏の情報を仕入れている。

第一身分《ファウスト》が一人の背信者を血眼《ちまなこ》になって探していることは、すでに大陸中に知れ渡っている情報だ。表舞台で動く異端審問官はもちろんのこと、まことしやかに存在がささやかれるだけであった処刑人の動きすら活発化している。

その人物が犯した罪状たるや、かの第三身分《コモンズ》の虐殺者ゲノム・クトゥルワが引き起こした惨劇すら霞《かす》みかねない。

聖地の大司教エルカミの殺害。人為的に『竜害』を引き起こして、永遠の結界都市と称された聖地を一度壊滅に追い込んだ背教者。他にもグリザリカ王国で大司教オーウェルの死に関わり、大陸最南端の町リベールで四大人災《ヒューマン・エラー》『霧魔殿《パンデモニウム》』の封印に干渉して魔物を暴れさせたという噂もある。

第一身分《ファウスト》の恥部となる、史上最悪の裏切り者。

「……あれが『陽炎の後継《フレアート》』か」

悪であろうとも、間違いなく歴史に名を遺して語り継がれることになる人物だ。

もう二度と関わることはないだろう。小さく呟いた男は、静かに己の仕事に戻った。

「遅い！」

合流地点で少女を迎えた第一声は、ポップコーンのように小気味よく弾《はじ》ける文句だった。

出会い頭に叱責を受けた少女は肩をすくめた。人目のないことを確認した彼女の顔が、ぱっと光る。

導力の燐光が収まると、特徴のなかった顔つきから打って変わって美しい少女の姿が現れた。淡い栗毛に端正な面立ち。メノウである。先ほどまでは導力迷彩によって姿を偽っていたのだ。

「遅いって……時間通りよ？」

「待ち合わせの時間なんてものは、あたしが来た時に決まっているわ。あたしを一人で待たせるなんて、ありえないの。しっかり反省するのよ？」

十歳前後の幼女は物怖じなどせず、はっきりとした滑舌《かつぜつ》で叱責を続ける。

幼い彼女は、一風変わった服装をしていた。白いワンピースの上に着物を羽織《はお》り、帯の代わりにベルトを締めて留めているのだ。ちぐはぐになってもおかしくないのだが、彼女の幼くとも上品で整った顔立ちの助けによってファッションとして着こなされている。

「ごめんなさい。待たせたことは反省してるわ」

「本当に反省しているのか、怪しいわ」

おしゃまでおしゃれな幼女がメノウをにらみつける。

「知らない町であたしが迷子になったらどうするのかしら。一人でいる時に誰かに誘拐されたらどう責任とるの？　あたしは、か弱くてかわいいのよ？　あたしみたいな美少女は、いっぱいの危ないに囲まれてるんだから、もっともっと守らなきゃいけないって認識をしっかり持ってよね！」

素晴らしいほどに自意識にあふれた主張だ。メノウは無言のまま、口やかましい幼女の頭に手を乗せる。

そのまま強めに圧力をかけてぐしゃぐしゃと髪をかき混ぜる。

「や！　髪が崩れちゃうわ！」

「はいはい。かわいいかわいい。マヤは髪の毛が崩れていてもかわいいから大丈夫よ」

「なにかしら、その反応。やな感じだわっ」

　メノウが手を離した頭を押さえる仕草も含めて、本当に年頃《としごろ》の子供そのままだ。どこにでもいるませた女の子である。

　彼女は、メノウとマノンが聖地で交わした取引の成果ともいえる存在だ。万魔殿《パンデモニウム》のために『星の記憶』に踏み入ったマノンは最期の一手でハクアを欺《あざむ》き、万魔殿《パンデモニウム》の人災《ヒューマン・エラー》化前の人格を復活させた。死後すら投げ捨てた原罪魔導の献身によって『大志万摩耶《おおしままや》』の記憶を受け取り、千年前に潰《つい》えたはずの自我を取り戻して独立したのがマヤと名乗る幼女の正体だ。

「そこらへんの暴漢なら、導力強化でもして抵抗すればいいじゃない。問題にもならないでしょう」

「やよ！　あたし、あなたよりずっと導力が少ないのよ？　あっという間になんにもできなくなっちゃうわ」

「……じゃあ原罪魔導は？」

「生贄《いけにえ》なんてかわいそうなことやれっていうの？」

　ただのわがままに聞こえるが、まともな神経になると純粋概念由来の原罪魔導が使えなくなるのは仕方ない。肉体を生贄に捧《ささ》げる原罪魔導は普通の倫理観をしていれば使えるものではないのだ。

「サハラにかけたのだって、すっごく勇気を出したのよ？　おかげで髪が短くなっちゃったもの」

つんと唇を尖らせて、黒い髪先を指先でいじる。少し短めになった髪型もよく似合っているのだが、本人からすると不服らしい。

聖地からこの町までの付き合いでいくらか慣れたが、万魔殿《パンデモニウム》とのギャップにはいまでも時々不思議な気分になる。もとの『万魔殿《パンデモニウム》』と同一視するのが難しいほどに無害でかわいらしい少女だ。

実際問題、彼女と万魔殿《パンデモニウム》は別の存在なのだ。魔導的に同質であるが、精神が完全に別物として分離している。

「そもそもサハラと一緒にいたんじゃなかったの？　サハラはどうしたのよ」

「わかんない。サハラって隙あらば手を抜こうとするもの。マノンならしてくれたに違いないこと、なーんにもしてくれないのよ。せめてあなたは、あたしのために尽くしてよね」

わがまま気ままに要求する彼女の存在は、メノウに希望をもたらした。

本来ならば、人　災《ヒューマン・エラー》は常に純粋概念の魔導を発動させている。記憶を注《そそ》ぎ込んでも、片端から消費してしまうのだ。

だが小指として独立していた彼女は、万魔を従える本体ほどに記憶の消費が顕著ではなかった。人格を取り戻した瞬間に、本体との接続を絶って自我を取り戻すことができたのだ。

マヤの存在は、アカリを助ける余地があることを証明していた。

人　災《ヒューマン・エラー》となったアカリが純粋概念を行使することなくメノウが預かった記憶を導力接続

で共有すれば、アカリを元に戻せることを意味している。

「あたしが貴重な情報を教えてあげてるんだから、お願いごとは当然ちゃんと聞いてよね」

「わかっているわ」

メノウとマヤが行動をともにしている大きな理由として、目的が同じだということがある。

これからの利害が完全に一致しているのだ。

第一身分《ファウスト》の『主』、シラカミ・ハクアの暗殺。

ハクアの用意した異世界送還の魔法陣は、もともと星の自然現象として発生している召喚現象と密接に関わっている。

「だから、どんな手段を使ってでも、南にいるあたしを討滅して」

それが、マヤの願いだった。

「あたしは、あたしの末路が許せない」

南にいる万魔殿《パンデモニウム》が消費できなくなった場合、送還に必要な生贄がなくなる。

「日本への送還陣を損なわせれば、相互関係になっている召喚陣も壊れる。日本から無規則に喚《よ》び出される自然召喚も、それを利用していた人為的な異世界人召喚もできなくなる。……本当でしょうね」

「本当かどうかなんて知ーらない。千年前に大人が言ってたの、聞いてただけだもの。小難しい魔導理論が正しいかどうかなんて、子供のあたしが知ってるはずがないじゃない？」

頰に人差し指を当てて、にこっと笑う。かわいらしくも憎たらしい無責任さだ。不確かな情報に、メノウはため息をつく。

だが子供の戯言《ざれごと》と捨て置くわけにはいかない。千年前はいまとは比べ物にならないほど発展した導力文明を誇っていた。当時の研究者の見解だというのならば、十分価値のある情報だ。とはいえ信用することはできない。疑う理由はわずかとはいえある。

かつて戦った時に、『万魔殿《パンデモニウム》』だった彼女は故郷へ少なからぬ執着を見せた。そうでなくとも、四大 人 災《ヒューマン・エラー》の発端はハクアの動機と同じく『元の世界に帰るため』だ。

「あなたは……元の世界に帰りたいんじゃ、なかったの？」

「いいの、もう」

紙くずをゴミ箱に捨てるような口調だった。

「あたしね、褒められるのが好きなの。お歌も踊りもお芝居も、かわいくこなせば周りがちやほやしてくれるから好きよ。かわいいあたしを褒めてくれる世界が大好き」

彼女は、愛されていた。大人の打算もあっただろうが、愛されていることを実感していた。

「だから、もう、いいの」

彼女を一番褒めてくれた人は、この世界にも、元の世界にも、いない。

理屈ではない。有無をいわせず、言葉通りに『もういい』という感情が伝わる声だった。

空気を変えるために、別の話題を振る。

「サハラ、遅いわね」

「まったくね。あたしを待たせるなんて、サハラのくせに生意気だわ」

噂をすればなんとやら。ちょうどよく、サハラの声が届いた。

「さっきからあなたはなんなのよ……私に姉なんていない。人違いでしょ」

「お姉ちゃんが弟妹《ていまい》のこと見間違えるわけないじゃん！　でもでもそうだよね。まだ生まれてから一年も経ってないもんね？　お姉ちゃんのことがわからなくてもしかたないよね」

「は？　私、十七歳なんだけ――」

「うわぁ！　ちゃんと喋《しゃべ》れるなんて偉いね。腕しかないのにちゃんと歩けるのもすごいよ！　でも呼吸だなんて有機生命体の真似《まね》ごとしなくていいんだよ？　擬態も度が過ぎるとバカになっちゃうから、やめたほうがいいって。だからね、妹ちゃん。妹ちゃんである腕だけで一緒に帰ろ？　体が肉袋なんて不便だもん！　赤にもなってない肉は素材としてはゴミだよ？　絡《から》む価値もないって。大丈夫。お姉ちゃんが妹ちゃんを素敵な色合いに育てるから安心して任せて。ね？　ね！」

サハラが変な人に絡まれていた。

義肢であるサハラの右腕に絡みついていて体を引っつけているのは、赤銅《しゃくどう》色の肌をしたグラマラスな女性だ。サングラスをかけているため、目元は窺《うかが》えないが相当な美人であることは間違いない。

「……誰?」

「知らないわよ!」

絡まれている当人であるサハラも心底うんざりしているようだ。

変なのが増えた。どう収拾をつけようかと眉間に皺《しわ》を寄せる。

「んん?」

サハラに絡んでいた褐色美人が、マヤに視線を止めてサングラスをとった。

メノウとサハラが同時に息を呑《の》む。

宝石をそのままはめ込んだのかと錯覚するほど透き通った、マリンブルー。澄み切った海色の瞳孔だけならば美しいと見とれるだけですんだ。

問題は、人間ならば白目であるはずの部分が黒曜石《こくようせき》に似た黒い輝きになっているところだ。

人体ではまず見られない特徴に、サハラが、ぎょっと身を引こうとする。

人に劣らぬ知性。ほぼ完全な擬態。導力の発露は感じられないが、間違いない。

三原色の魔導兵だ。

サハラが慌ててメノウたちのもとに近寄る。原色の魔導兵の中でも、三原色が揃《そろ》った魔導兵は出会えば死を覚悟しろと言われている人類の敵だ。

前触れなく登場した存在へ警戒を高めるメノウをよそに、マヤと褐色美人は互いを見て顔をしかめる。

「南の生ゴミじゃん。うわ、ばっちぃ。あんなのに近づいたら腐っちゃうよ、妹ちゃん」

「ね、サハラ。あたしの下僕がなんで東のスクラップなんて拾ってきたのかしら？」

南と東。

二つの人災《ヒューマン・エラー》から派生した存在に絡まれ憑かれて救いを求めるサハラから、メノウはそっと目線を逸《そ》らした。

処刑少女の生きる道《バージンロード》

あとがき

二〇二二年、『処刑少女の生きる道《バージンロード》』TVアニメ放送決定ぃ！

ということで、一人で脳内でクラッカーを鳴らして祝っている作者です。

諸々進行していく隅っこでひっそりと見物している作者ですが、制作現場を見るたびにとてもうれしくて語彙力が減っております。そのうち脳みその言語野、溶けて消えそう。

『処刑少女』のメディアミックスは、時として作者も知らない世界が広がったりもして、楽しいことの連続です。例えばメノウちゃんの下着設定とか、「ほほう……」という感じでした。あ、もちろん他にも感慨深いことがいっぱいありました！


イラストレーターのニリツさま。

素晴らしいイラスト表現をいつもありがとうございます！　色合いからデザインから構図から好きがあふれて止まりません。ニリツさんの絵がアニメデザインとなって動くというのも、TVアニメ化の楽しみです。

三ツ谷先生のコミカライズも2巻が8月10日に発売しております！　あちらはとうとう原作1巻エピソードのクライマックスに！　モモがかわいい!!

ＧＡ文庫編集部さまをはじめとした関係各所の皆様がたには感謝しかありません。特に担当のぬる編集には、いつもお世話になっておりますごめんなさいありがとうございます。

そして読者のみなさま。

今年も暑い夏となることでしょう。まずは熱中症にお気を付けください。倒れてしまってはオタ活もままなりません。どうかご自愛ください。

元気に過ごされる皆様に見守られて、メノウはこれからの生きる道を進んでいくのだと思います。

７巻から進む彼女の道がどんな色をしているのか、見届けていただければ幸いです。

巡る星。

処刑少女の生きる道《バージンロード》7

次巻、
新章突入。

廻る運命、

ファンレター、作品の
ご感想をお待ちしています

〈あて先〉

〒106－0032
東京都港区六本木2－4－5
SBクリエイティブ（株）
GA文庫編集部 気付

「佐藤真登先生」係
「ニリツ先生」係

本書に関するご意見・ご感想は
右のQRコードよりお寄せください。

※アクセスの際や登録時に発生する通信費等はご負担ください。

https://ga.sbcr.jp/

処刑少女の生きる道《バージンロード》6 —塩の柩—

発　行　　2021年8月31日　初版第一刷発行
　　　　　2022年3月2日　　　第二刷発行
著　者　　佐藤真登
発行人　　小川　淳

発行所　　SBクリエイティブ株式会社
〒106－0032
東京都港区六本木2－4－5
電話　03－5549－1201
　　　03－5549－1167（編集）

装　丁　　AFTERGLOW

印刷・製本　中央精版印刷株式会社

ISBN978-4-8156-1140-8
Printed in Japan　　GA文庫